· 语 文 阅 读 推 荐 丛 书 ·

松鼠
布封动物散文

[法] 布封／著　李玉民 由权 梁音／译

人民文学出版社

图书在版编目（CIP）数据

松鼠：布封动物散文/（法）布封著；李玉民，由权，梁音译．—北京：人民文学出版社，2021
（语文阅读推荐丛书）
ISBN 978-7-02-013842-5

Ⅰ.①松… Ⅱ.①布…②李…③由…④梁… Ⅲ.①散文集—法国—近代 Ⅳ.①I565.64

中国版本图书馆 CIP 数据核字（2018）第 032231 号

责任编辑　黄凌霞
装帧设计　崔欣晔
责任印制　宋佳月

出版发行　人民文学出版社
社　　址　北京市朝内大街 166 号
邮政编码　100705

印　　刷　北京华宇信诺印刷有限公司
经　　销　全国新华书店等

字　　数　114 千字
开　　本　650 毫米×920 毫米　1/16
印　　张　12.75　插页 1
印　　数　1—6000
版　　次　2010 年 4 月北京第 1 版
印　　次　2021 年 7 月第 1 次印刷

书　　号　978-7-02-013842-5
定　　价　25.00 元

如有印装质量问题，请与本社图书销售中心调换。电话：010-65233595

出 版 说 明

从2017年9月开始,在国家统一部署下,全国中小学陆续启用了教育部统编语文教科书。统编语文教科书加强了中国优秀传统文化教育、革命传统教育以及社会主义先进文化教育的内容,更加注重立德树人,鼓励学生通过大量阅读提升语文素养、涵养人文精神。人民文学出版社是新中国成立最早的大型文学专业出版机构,长期坚持以传播优秀文化为己任,立足经典,注重创新,在中外文学出版方面积累了丰厚的资源。为配合国家部署,充分发挥自身优势,为广大学生课外阅读提供服务,我社在总结以往经验的基础上,邀请专家名师,经过认真讨论、深入调研,推出了这套"语文阅读推荐丛书"。丛书收入图书百余种,绝大部分都是中小学语文课程标准和统编语文教科书推荐阅读书目,并根据阅读需要有所拓展,基本涵盖了古今中外主要的文学经典,完全能满足学生成长过程中的阅读需要,对增强孩子的语文能力,提升写作水平,都有帮助。本丛书依据的都是我社多年积累的优秀版本,品种齐全,编校精良。每书的卷首配导读文字,介绍作者生平、写作背景、作品成就与特点;卷末附知识链接,提示知识要点。

在丛书编辑出版过程中,统编语文教科书总主编温儒敏教授,给予了"去课程化"和帮助学生建立"阅读契约"的指导性意见,即尊重孩子的个性化阅读感受,引导他们把阅读变成一种兴趣。所以本丛书严格保证作品内容的完整性和结构的连续性,既不随意删改作品内容,也不破坏作品结构,随文安插干扰阅读的多余元素。相信这套丛书会成为广大中小学生的良师益友和家庭必备藏书。

人民文学出版社编辑部

2018年3月

目　次

导读 · *1*

马 · 李玉民译 *1*
阿拉伯马 · 李玉民译 *5*
驴 · 李玉民译 *7*
牛 · 李玉民译 *10*
耕牛 · 李玉民译 *12*
绵羊 · 李玉民译 *14*
山羊 · 李玉民译 *16*
猪和野猪 · 李玉民译 *18*
狗 · 李玉民译 *20*
猫 · 李玉民译 *24*
鹿 · 李玉民译 *27*
狍子 · 李玉民译 *29*
野兔 · 李玉民译 *31*
穴兔 · 李玉民译 *33*
狼 · 李玉民译 *34*
狐狸 · 由　权译 *38*
獾 · 由　权译 *43*

松貂和白鼬 ……	由 权译	45
松鼠 ……	由 权译	47
鼠 ……	由 权译	49
小家鼠 ……	由 权译	51
刺猬 ……	由 权译	53
鼹鼠 ……	由 权译	55
熊 ……	由 权译	57
河狸 ……	由 权译	59
狮 ……	由 权译	65
虎 ……	由 权译	70
豹 ……	由 权译	73
象 ……	由 权译	75
犀牛 ……	由 权译	79
骆驼 ……	由 权译	82
水牛 ……	由 权译	85
斑马 ……	由 权译	87
驼鹿和驯鹿 ……	由 权译	89
羚羊 ……	由 权译	91
河马 ……	由 权译	93
貘 ……	由 权译	95
羊驼和小羊驼 ……	由 权译	97
树懒 ……	由 权译	100
猴 ……	由 权译	102
鹰 ……	梁 音译	104
秃鹫 ……	梁 音译	107
鸢与鹫 ……	梁 音译	109

隼 ……………………………………………	梁 音译	111
伯劳 …………………………………………	梁 音译	112
鹗 ……………………………………………	梁 音译	114
鸽子 …………………………………………	梁 音译	117
麻雀 …………………………………………	梁 音译	119
金丝雀 ………………………………………	梁 音译	122
南美鹤 ………………………………………	梁 音译	124
莺 ……………………………………………	梁 音译	126
红喉雀 ………………………………………	梁 音译	130
鹡鸰 …………………………………………	梁 音译	132
鹪鹩 …………………………………………	梁 音译	134
蜂鸟 …………………………………………	梁 音译	137
翠鸟 …………………………………………	梁 音译	141
鹦鹉 …………………………………………	梁 音译	143
绿啄木鸟 ……………………………………	梁 音译	144
鹳 ……………………………………………	梁 音译	147
鹤 ……………………………………………	梁 音译	150
鹭 ……………………………………………	梁 音译	154
山鹬 …………………………………………	梁 音译	156
凤头麦鸡和鸻 ………………………………	梁 音译	158
土秧鸡 ………………………………………	梁 音译	160
鹈鹕 …………………………………………	梁 音译	162
军舰鸟 ………………………………………	梁 音译	164
天鹅 …………………………………………	梁 音译	167
鹅 ……………………………………………	梁 音译	171
野雁和野鸭 …………………………………	梁 音译	175

3

野生动物 …………………………………………… 由　权译 *178*

食肉动物 …………………………………………… 由　权译 *183*

知识链接 …………………………………………… *185*

导　读

布封留下巨著《自然史》，为什么不称他"自然学家"，而称"博物学家"呢？原来"博物"是汉语专有的表达方式，而法文只有"自然"(la nalure)这一个词，由这个词衍生的"自然主义者"，就兼有文学上和科学上的两种含义：文学上主要指以左拉为代表的"自然主义流派"，科学上则表示"自然学家"，汉语通常译为"博物学家"。

一个"自然"，到汉语就弄复杂了。看得见的自然万物，进入研究领域便称博物学，显得玄妙起来，自然开始远离世俗的目光了。

就拿这本书来说，描绘了一些动物和鸟类，与《自然史》极小部分，却与人类的生活密切相关。以小见大，谈谈这些动物和鸟类与人类关系的变化，我们就会意识到，人类前进的步伐不断地加速，势必不可逆转地与自然渐行渐远。回过头去看看，多少动物和鸟类不见了，令人心惊，认真读读布封给人类留下的这本自然的"纪念册"，就更觉得弥足珍贵了。

记得我的童年和少年的乐趣，全是大自然赋予的，可以说是我一生幸福的源泉。童年对自然万物,有与生俱来的亲近感,这也许是人类的初衷,或许也是人类的本性。

我家住在松花江畔,与上世纪四十年代相伴度过童年。浩浩荡荡的江水,从富锦县城以北,滚滚朝东偏北方向流去,好似自然的一条动脉,永无休止输送着血液。

县城地处一片大平原,在东面偏南遥遥兀立两座高山:东山和卧虎力山,那是遥不可及的视野的边缘,想象中必有猛虎卧于山头。出城往西南走上大半天,到了最后一间草房,再往前就没有人家了,连着一望无际的大草甸子。茂盛的茅草一人来高,入秋开始泛黄,割倒晒干便可当柴烧。

少年的行迹,远至大草甸子,白天割草,孤零零一人,草深望不见远处的同伴——我称作"董老剑客"的邻居伯伯。四周一片寂静,偶尔不知何处传来一声鸟鸣,却不见鸟的身影。董老剑客一把镰刀打遍"天下",近五旬独身一人,靠打短工为生。他说有把镰刀,就不怕来只狼,这一带不会出现狼群,有什么动静只管喊他一声。我虽胆小,但出于少年的好奇心;难免暗暗盼望,真从草丛中蹿出一条狼来也好。

董伯外出打工也偶有同伴,但是带小孩独我一人。有一年暑期,他就带我去了一个与世隔绝的地方——江中一座孤岛,坐落在松花江上游,离县城五六公里远。一行三人搭乘小船,上了荒岛,待小船一划走,我们就全身心置于纯粹自然的环境中。那时还不知道有个鲁滨孙,因而谈不上困苦,却早早体会到少年派漂流的乐趣。

一切因陋就简,在岸边用柳条、茅草,各搭起一个专供睡觉的小窝棚。除了行李和必备的生铁锅等饮具,只带一大袋高粱米、一袋干辣椒和一袋大粒盐,够三人十来天食用,欠缺的可由自然提供如今无法比拟的绿色有机食品。有道是,靠山吃山,靠水吃水,这是环境没有遭到破坏那时代,大自然对包括人类在内的生物实实在在的许诺。我们就是靠江吃江,吃江中盛产的鱼鳖,全是野生的。

土法钓鱼,非常简单实用。折七八根粗细相当的柳枝,截成近三尺长,上端后仰斜插进岸边一尺深,枝头牢牢拴住三尺来长纳鞋底的细麻绳,另一端系上头号鱼钩,钩上挂一条小鱼作钓饵。傍晚沿岸下钩,称"卧钩",专钓夜间到近岸吃小鱼的鲇鱼和老鳖。早起遛钩,准有一两条五六斤重的鲇鱼上钩,伏在水中,隔一两日能有只老鳖中招儿,头插进岸边沙里。上钩的鱼鳖,无不猛力挣扎,劲头儿极大,怎奈柳枝富有弹性,用劲时弯曲向前,不用劲时又弹回来。挣不脱,又扯不断,就这样逗弄一夜,上钩者无不筋疲力尽。

一日饱餐两顿:高粱米饭,江水炖江鱼,只加干辣椒和大粒盐调味,鲜美的滋味儿至今不忘。隔一两日还能吃上水煮甲鱼:甲鱼又肥又大,少说四五斤,极富营养。离家十多天,回来母亲还说我小脸晒黑长胖了。

《松鼠——布封动物散文》没有收录水族类,这里再多说两句,稍补一补缺憾。上初中时没有体育爱好,迷上了钓鱼,同学戏称我"渔翁",我也欣然接受。不过,拼凑起来的渔具,不忍描述,实在丢"渔翁"的面子,可是大自然却格外恩赐。沿江边往上游走出四五里地,在水静的河汊子,最适于垂钓了。咬钩的"白漂子"那种小鱼丢回水里,只要二两以上的"鲤拐子""鲫瓜子",偶有半斤多重的。钓上来的"嘎牙子"不上档次,也一根不要。收获的鱼用细麻绳穿鳃成串,放在水中存活。每次都不会空手而归,少则一两斤,多至四五斤,麻绳经不住,我就脱下长裤,扎起裤筒,穿着裤衩拎一裤兜子鱼回家。母亲看不上眼,全给了邻居。

钓的鱼给了邻居享用。割的茅草、本该运回家当柴烧,却撂在大草甸子和荒岛上,再也没去光顾,成为我童心野趣留在记忆中的坐标,其增值的价值,保证了回首前尘时,不仅仅感叹一句:"往事如烟。"

毋庸讳言,一部《自然史》,何尝不是笼罩在持续燃烧又不断散去的滚滚浓烟里。

少年的我,稍微离开县城,还有幸与清新慷慨的大自然亲密接触。从那时候,过去这六七十年,大自然不知又有多少物种,在滚滚浓烟中永远消失。不用专家统计出数据,列出消失的物种名称,想想自身的经历,就默然心惊。

我在地处边远的富锦,近乎乡村环境度过的童年,可以说是几代人的缩影:终日与家畜家禽相伴,哪里见过野兽飞禽的真相。见到最大的动物就是牛马驴,不是拉车就是耕地,唯人声吆喝是从。家畜猥琐痴呆相太熟悉了,布封就说,给马蹄钉铁掌"已是侮辱",他还写道:

> 天然要比人工美;一个活物自由行动,就能显示天然美。瞧一瞧在拉丁美洲各地繁殖的马匹,它们自由自在地生活,行走,奔跑和跳跃……为自身的独立而自豪……鄙视人的照料……在一望无际的草原上游荡,腾跳,采摘四季常青的新鲜物产……除了静谧的天空之外,没有别的藏身之处……因此,比起大多数驯养的马来,那些野马要更加健

壮,更加轻盈,更加矫捷;它们具有大自然所赋予的品质、力量和高贵,绝不像饲养的马那样,仅有人工赋予的技巧和媚颜。

"天然要比人工美",多精准的一个论断,道出了野生的与饲养的动物本质的差异。中国有句老话:"来世当牛做马,定当报答"。可见,"当牛做马"已成为"忍辱负重"的典型形象。童年常见的牛马,完全丧失了天然美和高贵的品质。

天然美,那时候还能在两三种飞鸟身上见到,现在也已在城市的上空消失了。"燕子飞时,绿水人家绕",燕子是离我童年最近的候鸟,像走亲戚似的每年必到。开春一来就忙碌着筑巢,没有什么比燕子更轻盈的了,即使劳作,飞行的弧线也无比优美,悠然自得。常能见到的鸥鹰,我们称"老鸥子",张大翅膀,久久在空中盘旋,逍遥自在,一副高贵的姿态,仿佛一动不动,是天地围着它运转,只有猛冲下来的叼小鸡时,方始显露它的图谋,但这总归是寂寥小城空中一景,自然力借以警示一下丧失本性、浑浑噩噩的家禽。至于春秋两季,小城上空持续飞过的雁阵,更是儿时百看不厌的美景。

布封在《自然史》中,讴歌了人类的智慧和力量,宣告了上帝的位置为人类所取代,人成为自然界的中心,世界的主人,主宰世间万物的命运。

因此,人活动的中心,小小的地球变成如今这样子。

因此,儿时在边远小城,也见不到卧虎力山的东北虎,见不到甸子的草原狼……

不过,在雪晴的一天上午,我去井边打水,眼前出现一幕幻景:远处跑来一只比狗大得多的动物,后面有几个小伙子吆喝着追赶,飞也似的到了大菜园开阔地,我才看清像只小鹿,转瞬间从离我十余丈远处腾跳着跑过来,原来是一只狍子!只见它惊慌失措,越过板帐子进院,又一头撞破窗户,闯进屋去。

我又惊又喜,那是我们非常要好的邻居老霍家。我想也不想,随即跑进院,丢下水桶进屋,只见霍家人都在,围住狍子。狍子瘫软在地,想必饿坏了,累坏了,更吓坏了。几个青年随后追来,霍大伯、二叔回头堵住门口,同他理论。我不听他们说什么,赶紧上前护住狍子。真是天赐良机!我两手全上去,摩挲狍子细软的皮毛,觉出它的肌肤突突抖瑟摩挲到胸脯,更感到它的心脏狂跳。再看那双美目,惊恐中仍保持无比温柔,一下子把我迷住了。

布封在书中《狍子》一节,仿佛是看着我这只狍子描述的,或者说,在翻译时,我想到了这只狍子:

>比起鹿来,狍子少些高贵气,力量要小,个头儿也矮得多。但是,它更可爱、更活跃,甚至更勇敢;它也更欢快、更轻捷、更警觉。它的体形更加浑圆、更加优美,形貌也更加好看,尤其眼睛更美更高,仿佛流露出一种激情。它的四肢更灵活,动作更敏捷,跳跃不费力气,轻盈而有力。它的皮毛始终洁净,油光锃亮……

我同进入传说的美兽不期而遇,给我的童年忆记留下野兽之美最后的身影。

没有第二次了,看得见的是遇然,看不见的是必然。

多少物种,连第一次机会都没有了,不是在自然界中消失,就是难以见到，只存在于博物学中。因而要了解布封这样的书就是最佳途径。但是毕竟有所不足，缺乏哪怕一两次同自然实物的亲身体验，也就缺少了与自然物沟通的灵气。

李玉民

二〇二〇年十月于北京花园村

马

人类实现的最重要的征服，就是征服了高傲而剽悍的动物——马，让马分担战争的辛劳，分享战斗的荣耀。马和主人一样英勇无畏，迎着危险而上，听惯了兵器搏击的声响，喜爱并寻找厮杀的声音，也和主人一样斗志昂扬。无论是打猎、比武还是赛跑，马总是勇往直前，分享着主人的欢乐。别看马十分温驯，它也十分勇敢，但又绝不逞凶嚣张，而是善于控制自身的动作。它不仅顺从骑手，似乎还揣摩骑手的意图，总是按照接收的印象行动，或者驰骋，或者徐行，或者站住，一动一止但求主人满意：这个生灵舍弃了自我，完全秉承另一个生灵的意志存在，甚至善于迎合，以准确而快捷的动作来表达和实施那种意旨。它的感觉总是恰到好处，实施起来也正合主人的心愿；它总是全身心地投入，惟命是从，不遗余力地效命，哪怕力不从心，为了干得更好哪怕丢掉性命。

上面讲的这种马，才能已经得到充分发展，天性已然经过驯化改良，也就是说，一生下来就受人照料，然后经过训练，专门培养为人效劳的本领：它所受的教育以丧失自由为开端，以接受束缚为完结。这种动物的奴役和驯化太普遍,太悠久了①,因此我们现在所见,极少处于自然状态了:它们在劳作中,总戴着鞍辔,甚至在歇息的时候,也不给卸掉各种羁縻,有时散放在牧场上吃草,身上也总带着受奴役的标记,往往是劳作和受苦的残酷印迹:嘴被铁嚼子勒出褶皱而变了形,两肋伤痕累累,或者马刺留下一串串伤疤,蹄子钉了铁掌。它们受惯了羁縻,浑身留下的痕迹妨害自然的姿态,即使卸掉羁勒也是枉然,它们也自由不起来。甚至那些受奴役较轻的马,喂养着只为了主人摆阔气装门面,它们披挂的镀金锁链,主要是为了满足主人的虚荣心,而不是装饰它们本身;它们蹄下的铁掌已是侮辱,而额前华美的垂鬃、颈上编成的鬃辫、浑身披挂的丝绸和金饰,则是更大的侮辱。

天然要比人工美;一个活物自由行动,就能显示天然美。瞧一瞧在拉丁美洲各地繁殖的马匹,它们自由自在地生活,行走,奔跑和跳跃,完全无拘无束,为自身的独立而自豪,看见人来就逃掉;它们鄙视人的照料,自己寻觅并找到合乎口味的食物;它们在一望无际的草原上游荡,腾跳,采摘四季常青的新鲜物产;它们居无定所,除了静谧的天空之外,没有别的藏身之处;它们呼吸着新鲜空气,哪儿像我们这里,把马关在拥挤的拱顶殿堂内。因此,比起大多数驯养的马来,那些野马要更加健壮,更加轻盈,更加矫捷;它们具有大自然所赋予的品质、力量和高贵,绝不像饲养的马那样,仅有人工赋予的技巧和媚颜。

这种动物的天性一点也不凶残,它们只是桀骜不驯。它们比大多数动物都有力量,但是从来不攻击其他动物;它们也不屑

---

① 早在人类青铜时代,马就被驯化了。

于同前来攻击的动物搏斗,只是赶跑或者踏死进犯者。它们也同样过着群居生活,但是聚在一起只为群居之乐;因为,它们什么也不怕,纯粹出于恋群而已。由于草木丰茂,提供足够的食物,它们对动物的肉毫无兴趣,根本不会向动物开战,相互也绝不会争斗和争夺食物,更不会去追捕猎物或者相互抢夺,而这正是肉食动物争斗的普遍根源;它们胃口不高,又很节制,有足够的食物而彼此绝不眼红,因此能够和平地生活。

所有这些情况,只要看看放在一起饲养、一起放牧的那些小马,就一清二楚了:它们性情温和,非常合群;它们的力量和气势,往往表现在竞赛中,在奔跑时都争相抢到前头,努力适应险境,甚至越危险越兴奋,彼此挑战,竞相穿越河流,跳过沟壑。在这种天然的练习中,凡是做出表率的、主动抢先的马,全是最勇敢、最优秀的马,它们一经降伏,又往往最温驯,最能迎合人意……

在所有动物中,马身材高大,但是躯体各部位长得最匀称,最优美。拿马比较略大或略小一点的动物,就会看出,驴子长得难看,狮子脑袋太大,牛的腿又短又细,同肥胖的身体实在不相称;骆驼是畸形的,而像犀牛、大象这些最大的动物,可以说只是形体未定的庞然大物①。颌骨伸延,是四足动物同人类头颅差异的主要原因,也是所有动物的最卑下的特性。不过,马的颌骨虽然也很长,却没有驴那种蠢相,也没有牛那副呆样。马头比例匀称,又有健美脖颈的支撑,反而显出一副轻盈之态。马一仰头,就似乎要超越四足动物的等级,那高贵的姿态,面对面注视

---

① 这样讲并不公正,每种动物的形体都是由生活的环境决定的。

着人,睁大的眼睛炯炯有神;那耳朵也十分修美,大小适中,不像牛耳朵那么短,也不像驴耳那么长;那鬃毛和头也十分相配,美饰着颈项,增添了强力和豪迈之气;那浓密的马尾垂在身体的末端,也显得气派十足,不同于鹿、象等那样的短尾,也不同于驴、骆驼、犀牛那样的秃尾,马尾突很短,而毛又密又长,就仿佛直接由臀部长出来的。马不能像狮子那样竖起尾巴,但是垂下去却很适宜,可以向左右两侧摆动,有效地驱赶讨厌的蚊蝇;因为,马的皮肤虽然很结实,又覆盖着又密又厚的毛,其实却非常敏感。

阿拉伯马

不论多么穷苦的阿拉伯人,都拥有马匹。他们一般骑骒马,因为凭经验得知,骒马比儿马耐劳又耐饥渴,没有那么多坏毛病,也更加温驯,不会动不动就嘶鸣。阿拉伯人培养马合群的习惯,它们哪怕一大群,有时整天整天待在一起没人管,相互也绝不会争斗和伤害。阿拉伯人只有一顶帐篷,既住人又充当马厩,因此,骒马、马驹、丈夫、妻子和孩子,都混杂睡在帐篷里:只见小孩躺在骒马和马驹的身上,脖颈上,却不会被马惊扰或弄伤,就好像马不敢动一动,惟恐伤着他们。这些骒马同人在这种亲密关系中生活已经完全习惯,甚至能容忍各种各样的戏弄。

阿拉伯人绝不打马,对待马非常温和,同马说话和讲道理,而且精心照料,总让马缓步徐行,没有必要决不用马刺刺马;反之,马一感到马镫角触碰肋部,便奔跑起来,速度快得令人难以置信,跳越树篱和沟壑,像牝鹿一样轻捷。这些马训练有素,一旦骑手摔下去,它们跑得多快,也会猛然停住。

阿拉伯马个头儿矮小,偏瘦,但是肢体长得十分匀称。阿拉伯人一早一晚按时给马刷洗,而且非常仔细,皮毛上不留丝毫泥点儿,连腿、鬃毛和马尾都刷洗干净。马尾留得很长,很少梳理,以免弄断了毛。整个白天不喂马,只饮两三次水;到了落日的时候,才把一个口袋套在马头上,口袋里大约装了半斗纯大麦。这些马仅仅在夜晚吃食,次日早晨全吃光了,才把口袋摘下来。等三月份草长起来了,就放马啃青。等春天的季节一过去,就把马从草地牵回来,一年余下的时间,既不给马吃青草,也不给马吃饲草,甚至干草也难得喂一次,大麦成为马的惟一饲料。小马长到一岁至一岁半,就必定剪掉鬃毛,以利鬃毛长得又密又长。等马长到两岁,顶多长到两岁半,就要被人骑了。只是到这个年岁才上笼头、放鞍具,而且,每天从早到晚,所有阿拉伯马都戴着笼头和鞍具,待在帐篷门口。

驴

驴绝不是退化的马,绝不是秃尾巴马;驴既不是外来者、闯入者,也不是杂种。驴同其他所有动物一样,有自己的科种和属类,它是纯种的,虽然不如马那么高贵,但同样是善类,同样古老。那么为什么如此鄙视这样和善、有耐性、有节制又有用的动物呢?难道越是用处大而花费少的动物,人就越要鄙视吗?人给马教育,照顾,教导和训练,而驴则落到最下等仆役的粗暴手中,或者儿童的调皮手中,非但不会学好,反而学坏了。驴的好品质,如果没有深厚的根基,那么受到这种待遇,的确会丧失掉。驴是粗汉的玩物,是受气受累、挨打挨骂的对象。那些粗汉手持棍棒赶驴,动不动就打几棒子,而且毫不当心爱惜,让驴多驮超载。没有人注意,假使世界上不存在马,那么对我们来说,驴凭自身的条件,在动物中就会居首位,就是生得最标致、长得最好看、超群绝伦的动物。它不居首位,而是居第二位,正因为如此,它似乎就根本数不上了。驴是被比下去的:人们观察和评断,并不是从驴本身出发,而是拿马来做比较,忘记了驴就是驴,它天生有各种优点和属性,而人只考虑它所缺乏的,也不应该有的马的形貌和优点。

驴生性卑微、忍耐而平静,马则不同,生性高傲、奔放而暴烈。驴能忍受惩罚和鞭笞,表现出了韧性,或许还显示了勇气。驴在食物的数量上和质量上都要求不高,有草吃就行,哪怕是马和其他动物吃剩下的、不屑吃的最难吃和最差劲的草。它饮水很挑剔,只肯喝它熟悉的最清澈的溪水。它吃得少也喝得少,绝不把鼻子探进江中,据说是怕看见自己耳朵的倒影。人不肯费心给驴配鞍镫,这样,驴就经常在青草地,在刺蓟、蕨草地上打滚儿,也不顾背上驮的是什么,只要有可能,躺倒就打起滚儿来,仿佛以这种方式责备主人对它照顾太少了。要知道,驴不像马那样在泥水中打滚儿,甚至怕弄湿了蹄子,见着泥泞地绕着走,因此,它的腿比马干爽和洁净。驴也容易接受教育,我们见过有的训练得不错,能做精彩的表演。

小驴很快活,甚至相当好看,既轻捷又可爱;然而,或者由于年岁增长,或者由于受到恶劣的待遇,驴很快就丧失了青春的特点,变得行动缓慢,倔强而不听话了。驴特别眷恋子女。普林尼[①]向我们证实,当小驴被人拉走的时候,母驴不惜穿过火焰去找小驴。驴也依恋自己的主人,尽管平时受主人的虐待;主人在远处,驴就能感觉到,还能从人群里分辨出来。驴也认得常住的地方、常走的道路。驴视力好,嗅觉敏锐,听觉特别强,这又多了该列入胆小动物里的几条;据说,胆小动物耳朵都长,听觉都特

---

① 这里指老普林尼(23—79),拉丁博物学家和作家,著有37卷《博物志愿书》。在第8卷中有相关的一段:"母驴极爱自己的孩子,但是它们憎恶水的情绪更为强烈。它们可以穿过火焰去找小驴,然而只要隔一条小溪,它们甚至不肯弄湿蹄子,怕水怕到了极点。"

别灵敏。让它驮的东西超量时,它就有所表示:垂下脑袋,耷拉下耳朵。如果折磨它太厉害了,它就张开嘴,收拢嘴唇,样子十分难看,带着一种讥笑嘲讽的神态。如果把它的眼睛蒙住,它就站在原地不动。当它侧身卧着,一只眼睛贴地,如果用石子或木片把它另一只眼睛盖住,它就保持这种卧式一动不动,绝不挣扎着起来。驴走路,小跑或奔跑,也同马一样;不过,它的步子要小,速度也慢得多。驴开头尽管也能跑得相当快,但是只可能坚持一小段时间,跑一小段路;而且,不管以什么速度行走,如果催赶,它很快就会疲惫不堪。

牛

牛、羊，以及其他食草动物，向人提供食品，对人来说不仅是最好、最有用、最宝贵的，而且还是饲养花费最少的动物。在这方面，牛尤为突出，它取之大地多少又还回去多少，甚至还改良它赖以生存的土地，给它的牧场增添肥力。而马和其他动物则相反，不出几年工夫，就使最好的牧场变得瘠薄了。

但是，这种牲畜向人提供的不只这些好处，若是没有牛，穷人和富人都很难生存，土地会荒芜，耕田，乃至园子，也会变得干旱而贫瘠。农村的活计全落到牛身上，牛是庄稼院最顶用的牲畜，是农户的支柱，它体现农业的全部力量。从前，牛为人创造了全部财富，今天，它也是国家富足的基础。国家只有靠耕种土地和繁殖牲畜，才能维持和繁荣，因为，这是惟一真正的财富，而其他财富，甚至包括黄金白银，只是硬性规定的财富，只是象征和货币，所具有的价值，无非是土地产品所提供的。

在驮重物方面，牛不如马、驴、骆驼等，牛的脊背和腰的形状就表明了这一点。然而，它的脖颈粗壮，肩头宽阔，又足以显示它适于拉东西和佩戴轭，正因为如此，它拉东西具有巨大的优势,仿佛天生适于拉犁。牛的身体块头大,腿不长,行动缓慢,再加上干活时稳重而有耐力,这些特点都使它适于耕地,比任何别的牲畜都更能战胜土地的不断更新的持久抗力。马也许比牛强壮,尽管如此,干这种活儿也差一点儿:马腿太长,动作太大也太突然,而且没有耐性,特别容易泄气。耕田需要耐力而不是爆发力,需要稳重而不是速度,需要体重而不是弹性,如果让马干这种笨重的活儿,那么马就完全丧失动作的轻捷灵活性,完全丧失优美的姿态。

耕　牛

一头好耕牛不能太肥,也不能太瘦:头短而粗大;耳朵也大,毛密实而平滑;犄角大小适中,有力而发亮;额头宽阔,眼珠又大又黑;鼻子肥大而扁平,鼻孔张大,牙齿雪白而平整,嘴唇发黑;脖颈多肉,肩头宽大而厚重;胸脯开阔,颈部垂皮一直垂到膝部;腰身特别宽,大腹便便,两肋阔大,后臀长,肌肉厚实;大腿小腿粗壮有力,四蹄雄健稳固;后背平直丰满,尾巴垂到地面,尾端有一大簇细毛;皮肤粗糙而方便套驭具,肌肉非常发达,蹄子又短又宽。耕牛还必须对刺棒特别敏感,训练有素,听从吆喝声。

然而,必须早点训练,让牛逐渐适应,牛才肯佩戴上轭具,才容易听从驾驭。牛一长到两岁半,顶多到三岁,就得开始驯化,让它接受轭具,再晚了就变得不驯服了,而且往往难以降伏了。只有耐心,温和,甚至给予爱抚,才是有效的办法;如果运用暴力和虐待的方式,那只能使牛永远抵触。必须抚摩牛的身体,爱抚它,不时给它吃煮熟的大麦、捣碎的蚕豆,或者牛最爱吃的其他同类食物,全都加上点盐,就更合乎牛的口味了。喂料的同时,往往把牛角捆住;过些日子,再给它套上轭具,让它和另一条同样个头儿,但是训练好的牛并排拉犁;还要特意将两头牛拴在同一个食槽上,甚至一道牵去吃草,以便让它们彼此熟识,养成完全共同行动的习惯。在开始阶段,绝不要使用刺棒,否则只能使牛更难对付了。只要还没完全训练好,还必须多多爱惜,干一会儿就让牛歇一歇,因为它很容易疲劳;同样道理,喂料也要比平日多些。

绵　羊

　　绵羊这个种类之所以存活至今，将来还能存活下去，全赖人的救护和照料，它靠自身是无法生存的。雌羊绝无一点防御能力，公羊也只有毫无威力的武器：它的勇敢也无非是乱蹦乱跳，于己无用，又妨碍其他羊。公绵羊比雌绵羊还要胆小；它们是由于害怕而聚集成群的，只要有一点奇怪的声响，它们就吓得乱窜，挤成一堆：这种惊惧带有极大的愚蠢性，因为，它们不知道逃离危险，甚至可以说，它们似乎感觉不到处境多么不利：无论下雨还是下雪，它们就停在原地；要想迫使它们换个地方，迫使它们上路，必须有一个训练出来的带头羊，其他羊才会亦步亦趋跟着走。如果没有牧人驱赶，或者没有牧羊犬冲击，那带头羊也同羊群一起，待在原地不动。的确，牧羊犬懂得守护它们的安全，保卫并引导它们，将它们驱散或聚拢，向它们传达它们所缺少的动作①……

---

①　丹纳在《拉封丹及其寓言》中写道："这一切都是事实，然而，这种动物又亲热又善良。母羊一听见羊羔儿叫声，就跑过去，从一群羊羔儿里辨认出自己生的，不管地冰冷还是泥泞，就躺下喂奶，目光出神地望着前面，一副隐忍的样子，那情景看着十分感人。布封在绵羊身上只看到愚蠢和惊惧；拉封丹则怜悯绵羊表现出那么多忧伤和善良。"

这种动物天性十分单纯,性情也很懦弱:它们不能长时间行走,一走远路,体力就削弱,累得疲惫不堪;它们一奔跑就呼吸急促,很快就气喘吁吁。天气炎热,烈日暴晒,它们受不了,潮湿寒冷和下雪,它们也受不了。它们容易患上许多种疾病,而且大部分是传染病。有的因过分肥胖而死掉,至少,母绵羊会因肥胖而不育。绵羊下崽儿总是难产,比起其他任何家畜都需要更多的照顾。

山 羊

  比起绵羊来,山羊天生感情更丰富,本领更大些,它主动走向人,很容易同人混熟,对爱抚特别敏感,也能依恋主人。山羊也更强健、更轻捷、更灵敏,不像绵羊那么胆怯,还显得又活泼,又顽皮,喜欢嬉戏和游荡。赶山羊走路,使其归入羊群,要费很大劲才能做到;山羊爱离群去僻静的地方,爱攀登陡坡峭壁,爱待在甚至睡在岩石尖顶上或深渊边上。山羊健壮有力,不挑食,几乎各种草都吃,没有几样吃不对口的。

  在所有动物身上,体质对天性影响很大,然而表现在山羊身上,似乎同绵羊没有本质的差异。这两种动物肌体几乎完全相似,也以同样的方式饮食和生育繁衍,而且患病也有相似的特点:除了几种病症山羊不易得之外,两者所患的病症相同。山羊不像绵羊那样害怕炎热,敢于睡在太阳地里,情愿直接照射最强烈的阳光,不会感到不适,也不会由炎热引起昏迷眩晕。山羊一点也不惧怕暴风雨,遇到大雨也不烦躁,但是对严寒的天气似乎有点敏感。山羊天性多变,表现在行动上不稳定,忽走忽停,忽跑忽跳,忽近忽远,忽隐忽现,忽而又逃开,好像特别任性,毫无特定的缘由,全凭内心感觉的怪异的躁动。山羊天生动作就特别活跃,特别迅疾,它的器官再怎么灵活,身体再怎么强健,有时也难免力不从心。

猪 和 野 猪

在所有四足动物中，猪似乎是最不开化的，它形体的缺陷仿佛影响到它的天性：它的所有习惯都是粗俗的，所有口味都是肮脏的，所有感觉都归结为粗暴的贪食，见东西就吞噬，根本不分辨，甚至吃自己刚生下的猪崽儿。猪这样贪婪，大概因为它的肠胃功能太强，必须不断地填充，还因为它的口味太低劣，必须不断地麻痹味觉和触觉。猪毛粗糙，皮肤坚硬，肥膘很厚，因而不在乎棒子打：有人见过小老鼠待在猪背上，噬食猪皮和肥肉，而猪好像没有什么感觉。因此，猪的触觉非常迟钝，味觉也同触觉一样粗鄙，但其他感官却很好；猎人就完全了解，野猪在远处就能看得见，听得到并感觉得到人的存在，因此，他们为了偷袭，就连夜静静地守候，而且选择下风头，以免让野猪闻到气味；如果猎人处于上风头，野猪很远就能闻到气味，马上就掉头沿原路回去了。

用打猎的词汇来说，不满三岁的野猪称为"结群的动物"，因为，不超过这个年龄，它们彼此不离散，总是一道跟随它们的母亲；它们只有等到长得相当强壮，不再怕狼了，才开始单独活动。这种动物主动结成群伙，以确保安全，一旦遭受攻击，就靠数量抵御，相互救援，群体自卫；它们紧紧靠拢，形成一圈儿，最大的守正面，最小的裹在中间。家里畜养的猪也以同样的方式自卫，用不着狗去看管；不过，由于它们不驯服又固执，一个灵敏而强壮的汉子，也就只能放牧五十来头。秋冬两季，树林里野果很丰富，可以赶猪去吃；夏季，就到潮湿的沼泽地放猪，那里有大量的虫子和植物的根；春天则把猪撒到田野的撂荒地上。每天放牧两次，一次是从早晨露水干了之后，直到十点钟，第二次从下午两点直到黄昏。冬季每天只放牧一次，而且天气还必须好，朝露和雨雪对它们都不合适。如果雷雨骤然而至，或者仅仅下大雨，往往看到猪群逃窜，边逃边叫，一直逃到猪栏门口为止；猪越小叫得越厉害，声音也最高：这种嚎叫同它们平时的哼哼声有点不同，是痛苦的嚎叫，类似被捆起来要挨宰时的头几声哀嚎。公猪不如母猪叫得那么欢。难得听到野猪嚎叫，除非它搏斗，被另一头野猪咬伤了；母野猪倒是常叫唤。野猪突然受到惊吓，喘息就特别剧烈，离很远就听得见。

狗

看家狗

　　狗比人驯顺,比任何动物都乖巧,不仅能在短时间内领会事物,甚至还能顺应指挥者的动作、举止和习惯;它也摆出主人家的派头,像其他仆人一样,在大户人家就眼高于顶,住在农家就粗鲁。狗总向主人献殷勤,只对主人的朋友和气,根本不理睬毫不相干的人,而且敌视那些不速之客;它从衣帽、声音和举止就能认出那些不速之客,并阻止他们靠近。如果把夜晚看家的职责交给它,它就增添几分傲气,有时还增添几分凶恶;它监视,巡逻,很远就能感到来了生人,只要那生人停下,或者企图越过栅栏,它就冲过去阻挡,而且狂吠不止,以愤怒的叫声发出警报,也警告进犯者,并奋力搏斗,无论对强人还是凶兽,都是猛烈地冲上去,将其咬伤,撕个稀巴烂,夺回闯入者极力要抢走的东西,战而胜之,这才心满意足,躺在闯入者的遗体上,一口也不动,哪怕是为满足一下自己的胃口,同时在勇敢、节欲和忠实三方面做出了榜样。

上图是土耳其犬,下图是杂交的土耳其犬

《自然史》封面

猎　犬

一听到枪响,一听到号角或猎手发出作战的信号,猎犬立时精神抖擞,表现出了无比的狂热:它以蹿跳和吠声显示投入战斗的急切心情和战胜的渴望。继而,猎犬悄悄往前搜索,辨认周围的环境,力图发现并袭击在堡垒中的敌人;它寻找敌人的踪迹,一步步跟随,用不同的声调指明时间、距离、它追捕的种类,甚至年龄。

被追捕的动物受到威慑,仓皇逃命,在绝望中,同样也施展出全部本领,以狡猾对付精明,本能从来没像这样发挥得淋漓尽致:为了摆脱跟踪,它来回跑,还沿原路回来,蹿跳腾跃,恨不得脱离地面,飞越空间;它一纵身横跨大路,越过树篱,甚至涉水渡过小溪河流。然而,后面紧追不舍,它又没有隐身术,于是就想找个替死鬼,故意去惊扰一个正在休息的缺乏经验的年轻邻居,带它一同逃走,等到它俩的足迹混淆起来,认为同伴已经成为它的厄运的替身了,就比去惊扰时还要突如其来地离开同伴,以便让它成为上当的敌人惟一追捕的猎物。

然而,猎犬受到训练和教育,又独有一种辨认捕捉的灵性,便能高出一筹,不会丢失它追捕的对象。它分辨各种共同点,从乱线团中理出惟一能抵达的线索,排除想使它迷失的所有错路,非但没有离开敌人去追一个不相干者,而且在战胜了对方的狡诈之后越发愤慨,加劲追赶,终于追到,进而攻击,将敌手置于死地,喝其血来解渴并解恨。

猫

猫是一种不忠的家畜,只是在必要时才留在家中,让它对付另一种赶不走的更讨厌的家庭祸害,因为,人不可能喜爱所有动物,养猫不为单纯好玩:不是有用处,就是一种邪癖。这种动物尽管挺可爱,尤其小的时候,但是天生就奸狡,性情虚假,本性邪恶,而且年龄越大越糟,进行教育只能促使其掩饰。这种动物本来是窃贼,接受良好的教育之后,只会像骗子那样变得曲意逢迎了。猫和骗子都同样机灵,同样精明,都具有同样作恶的爱好,同样搞小诈骗的倾向。猫也像骗子,善于掩饰自己的行为,隐藏自己的意图,窥探机会,等待并选择行动的时刻,然后逃避惩罚,跑开,在远处等待人们重新呼唤它们。它们很容易养成同人交往的习惯,但是绝不接受人的习俗。它们的依恋仅仅是表面现象:从它们侧身行走的姿态、恍惚不定的眼神,就能看出这一点。猫从不正面看它所喜爱的人:不知是出于戒虑还是虚假,它总绕着弯接近人,寻求爱抚,接受爱抚也只因能产生快感。猫和狗完全不同。狗是忠实的动物,所有感情都同主人联系在一起;而猫似乎只顾自己的感觉,喜爱是完全有条件的,迁就日常的关系只是为己所用。猫出于这种天性，同人还算合得来，同完全直率的狗就不和了。

体形和性情与天性相一致：猫的样子好看，身子轻盈敏捷，爱清洁和享乐，喜爱舒适，总选择最柔软的家具，在上面休息或者打闹。

小猫活泼欢快，看着又可爱，如果爪子还不可怕的话，也非常适于逗孩子乐；不过，它们的嬉戏，虽然总那么轻松愉快，但从来就不是无心的，很快就转化为习惯性的伤害了。它们只能在小动物身上练习这种本事才有点优势，于是便守在一个笼子旁边，窥伺鸟儿、家鼠和老鼠；在捕猎方面，它们不必接受训练，就能变得比训练有素的狗还灵活。它们喜欢窥伺，攻击、咬死弱小的动物也不在乎，像小鸟、小家兔、小野兔、老鼠、家鼠、田鼠、蝙蝠、蛤蟆、青蛙、壁虎和蛇，都是它们攻击的对象。猫丝毫也不驯顺，嗅觉还不灵敏，而在狗身上，这两方面是出色的长处。因此，猫不追赶已经看不见的动物，它们并不出猎，而是守候，再突然袭击。它们抓住小动物，耍戏好长时间，然后就咬死，即使毫无必要，它们吃得极好，根本不用吃这种猎物充饥……

猫虽然住在我们家中，却不能说它们完全是家畜，甚至可以说，它们完全是自由的。它们随心所欲，若是想离开一个地方，怎么也留不住，多留一会儿也不行。

猫怕水、怕冷和怕坏味道。它们喜欢晒太阳，总找最暖和的地方趴着，如壁炉后身，或者炉灶里面；它们也喜欢香味。猫的睡眠很轻，睡眠的时间也不像给人的印象那么多。它们走路脚步极轻，几乎总是悄无声息。它们到远处，躲藏起来排泄，并且用土盖上。它们爱洁净，皮毛总是干的，亮晶晶的，毛很容易产生静电，如果在黑暗处用手摩挲，就能看见皮毛出火花。猫的眼睛也在黑暗中闪闪发光，同钻石差不多，可以说白天吸收光，到夜晚再放射出来。

鹿

鹿似乎视力很好，嗅觉敏锐，听觉也非常出色。它要倾听时，就仰起头，竖起耳朵，这样就能听见很远地方的声响；它要走出一小片树丛，或者走出半隐蔽的地方，就先站住，向四周望望，然后寻找下风头，感觉一下是否有什么人会令它不安。鹿的天性相当单纯，但是它又好奇又机灵，它听见远处有人打呼哨或高声召唤它，就戛然站住，定睛观瞧；赞赏那些车辆、牲畜和人。如果那些人没拿武器，也没有带狗，鹿就放心地继续走路，并不逃跑，而是从旁边骄傲地走过去。如遇牧人吹芦笛或者竖笛，鹿似乎静静地而又兴趣盎然地聆听，因此，猎人有时就采用这种伎俩将鹿稳住。一般来说，鹿不大怕人，更害怕狗，它的戒心和狡猾，也只是随着它感受到的不安而增长的。它吃东西很慢，挑选食物，吃饱了之后，便找个地方休息，从容地反刍。不过，鹿反刍不像牛那么容易，可以说要一下一下抽动，才能把存在头一个胃里的草挤上来。这取决于食物必经的路线和长度：牛脖子短而粗，鹿脖颈长而曲，因此，它要让食物返上来，就得花费更大的力气；这种用力的动作，从外观就能看出来，表现为一种呃逆，而且持续反刍的全过程。鹿年龄越大,鸣叫的声音越响越粗,也更加颤抖;牝鹿的鸣声微弱而短促。

鹿冬季不大饮水,春天饮得更少,吃带露水的嫩草就足以解渴了。然而,在炎热和干燥的夏季,鹿往往去溪流、沼泽或泉边喝水。有时热得实在受不了,它就四处找水源,不仅为了解除焦渴,还要洗浴求得周身凉爽。鹿擅长游泳:人们见过有的泅过很宽的河流,甚至有人说,鹿跳进大海,从一个岛屿游到几法里远的另一个岛屿。鹿蹿跳比游泳还要轻捷,受到追击的时候,很容易就能跃过一道树篱,甚至两米高的一道栅栏。

季节不同,鹿的食物也不同:秋季,它们寻找绿色灌木的苞蕾、欧石楠花、荆棘叶子,等等。冬天下雪的时候,它们剥树皮,吃苔藓等;等到天气暖和点儿,它们就去吃麦苗。到了开春,它们就吃栗树和榛树花、黄花柳和山杨花絮,以及欧亚山茱萸花和芽苞,等等。进入夏季,可供选择的就多了,不过,它们爱吃燕麦超过所有其他谷物,爱吃洎鼠李超过其他所有树果。

狍　子

　　鹿作为树林的最高贵的居民,生活在林子里最高乔木覆盖的地段;狍子则是低一等的居民,满足于住在矮木林下,一般爱待在茂密的幼树丛中。比起鹿来,狍子少些高贵气,力量要小,个头儿也矮得多。但是,它更可爱、更活跃,甚至更勇敢;它也更欢快、更轻捷、更警觉。它的体形更加浑圆、更加优美,形貌也更加好看,尤其眼睛更美更高,仿佛流露出一种激情。它的四肢更灵活,动作更敏捷,跳跃不费力气,轻盈而有力。它的皮毛始终洁净,油光锃亮,从来不像鹿那样在泥水中打滚。狍子只愿意待在地势最高、最干燥、空气最清新的地方。

　　而且,狍子还更狡猾,逃避追捕更机灵,也更难追踪。它多几分本能和敏感。因为,它虽然有一个致命的弱点,身后留下的气味更大,比鹿的气味更强烈地刺激猎犬的胃口,促使猎犬更加狂热地追捕。但是,它起跑特别迅疾,又会反复兜圈绕弯,因而善于摆脱追捕。它不等力气耗尽才运用计谋,恰恰相反;它一感到头一阵奋力快速逃跑没有奏效,就原路折回,兜几圈儿再回来,这样折来折去,等到往返的方向混淆起来,原先的气味和现在的气味也混淆起来，它就一纵身离开地面，跳到圈儿外，趴在地上一动不动，让它的仇敌——那群猎犬从旁边全冲过去。

　　狍子的天性与梅花鹿和黄鹿不同，天生的各种习惯也不一样。狍子不像鹿那样结群，大批一起行动，而是以家庭为单位：父亲、母亲和孩子待在一起，从未见过它们同生疏的狍子结伴。

野　兔

野兔吃食主要在夜间而不是白天，它们吃草、植物根、叶子、果实和籽粒，尤其爱吃含有乳汁的植物，冬天甚至啃树皮，惟独不动桤木和椴木。如果在家里喂养，一般喂生菜和白菜；不过，家养的兔子肉味道总是不好。

白天，它们在窝里睡觉或休息，可以说仅仅夜间活动：到了夜晚，它们就出来游荡，吃食，交配。可以见到它们在月光下一起玩耍，跳跃，一个跟一个奔跑；不过，稍有一点动静，一片树叶落地的声响，就足以惊扰它们，每只都朝不同的方向逃跑。

兔子睡眠时间很长，而且睁着眼睛睡觉。它们的眼睑没有睫毛，视力似乎不大好，但是听觉非常敏锐，仿佛是一种补偿；兔子的耳朵同身体比较大得出奇，两只长耳朵活动起来特别容易，在奔跑中当作舵使用来掌握方向，它们跑得快极了，很容易就能超过其他所有动物。它们前腿比后腿短得多，往高处跑比下坡方便，因此，它们受到追击时，一开头总往山上跑。它们跑的姿势类似奔驰，是连续不断的极敏捷、频率极快的跳跃。它们走路悄无声息，因为足上长了毛，甚至足掌上也有。它们也许是惟一嘴里有毛的动物。

猎兔是一种娱乐，是农村无所事事的人的惟一营生。由于猎兔无须什么装备，也无须花费，甚至还有益处，这也就适于所有人。人们清晨和傍晚到树林里守候，等待兔子返回或出来；白天则到兔子居住的地点寻找。如果天朗气清，阳光灿烂，而兔子跑过之后，又刚刚回窝歇息，那么它身体的汗毛就会形成一缕烟雾，猎人从很远处就能发现，尤其当他们的眼睛训练有素，善于观察这种现象。我见过有的猎人受这种征象的指引，从两公里远跑去，将兔子打死在窝里。兔子一般让人走得很近，尤其来人装作没有看见它，或者并不径直走向它，而是绕点弯子接近。兔子虽怕人，但是更怕狗，一旦觉出或听见来了一条狗，就赶紧跑远；尽管它比狗跑得快，但是它不跑直线，而是在它冲出的地段绕来绕去；猎兔犬主要靠视觉而不是嗅觉，往往能截住兔子的去路，将其逮住咬死。

夏天，兔子情愿待在田野上，秋天待在葡萄园中，冬天待在矮树丛或小树林里。在任何时候，都可以不用打枪，而用猎犬逼使兔子逃窜；也可以用猎鸟捕捉。猫头鹰、鸢、老鹰、狐狸、狼、人，都同样向兔子开战。仇敌太多，兔子只能幸免于难，极少数才能享受大自然赋予的那一点点时日。

穴　兔

野兔和穴兔,虽然从外貌到肌体结构都很相像,但是绝不应混淆,两者还是有明显差异。穴兔比野兔的繁殖力还要大。这种动物在合适的地区,繁衍达到了神奇的速度,大地都供不应求了:它们吃光青草、植物根、籽粒、果实、蔬菜,甚至毁掉幼树和树木。如果没有白鼬和狗来帮助人对付它们,它们就会逼使那一带村庄的居民迁走了。比起野兔来,穴兔不仅更经常交配,繁殖的次数多,每次产崽儿数量多,而且逃脱敌人追捕的本领也更大。它们很容易逃避人的耳目:它们在地下掘了洞穴,白天躲进去,在里面产崽儿,不受狼、狐狸和猛禽的侵害。一家子住在里面十分安全,在里面哺育幼崽儿,大约过两个月,等小兔长大了,才带它们走出隐居的洞穴去见世面,这样,幼兔就避免了各种不利的情况。野兔则不然,幼小时期比后来一生所遭受的侵害都多,因而大量死亡。

仅此一点也足以证明,穴兔比野兔精明。两者体型一样,都同样能挖掘隐蔽所,但是,其中一种更加愚蠢,只满足于在地面造窝,结果始终暴露在外;而另一种出于更为周全的本领,肯花力气挖地洞,营造一个地下避难所。

狼

狼是最嗜肉的一种动物。它有这种嗜好,虽然天生也有满足这种嗜好的各种手段,虽然由大自然赋予武器、狡诈、敏捷和力量,总之无所不备,能发现猎物,攻击并战胜,将其逮住并啖食,但是狼常常难免饿死,只因人类早已向它开战,甚至悬赏斩其首级,逼使狼逃窜,躲进树林,而树林里只有寥寥几种动物,又跑得特别快,往往能逃脱狼的追捕。狼只有靠偶然机会,或者在动物出没的地点久久守候,才可能捕获一只,时常又会空等一场。

狼生性粗鄙而卑怯,但是必要时也能变得机灵,迫不得已时也能变得大胆,饿急了就会铤而走险,去袭击有人看守的牲畜,尤其看准小绵羊、小狗、小山羊等容易叼走的动物。狼这种窃贼一旦得逞,还往往卷土重来,直到吃了大亏,受了伤,或者被人和狗赶跑为止。白天,狼躲在巢穴里,夜晚出来活动,在田野游荡,到住户周围转悠,掳取忘记收栏的家畜,直接攻击羊圈,在圈门下扒土掏洞,钻进去疯狂残杀所有羊,然后才挑选带走的猎物。如果这种偷袭一无所获,狼就回到树林,窥伺、寻觅并跟踪,追猎野兽,希望另一只狼会合力堵截,逮住逃窜的动物,分享猎物的尸体。还有,狼若是真饿到了极点,就会不顾一切,攻击妇女儿童,有时甚至扑向男子,由于这种极端行为而变得疯狂,最后往往发疯而死。

无论是外貌还是肌体结构,狼都极像狗,仿佛是同一个模子造出来的;不过,狼所显示的顶多是模子的反面,完全从反面表现出同样的特性:如果说模型相同,脱胎出来的东西却相反。狼和狗天性差异极大,不仅不能相容,而且从本性就相互憎恶,从本能就相互敌视。小狗初次见到狼,就会不寒而栗,一闻到狼的气味,就吓得发抖,赶紧躲到主人的胯下,尽管它从未闻过那种陌生的气味。一条护院狗了解狼的力量,见到狼就皮毛倒竖,怒不可遏,勇敢地进击,力图将狼赶跑,极力驱逐一个可恶的不速之客。狗和狼狭路相逢,不是相互逃避,就是搏斗起来,而且搏斗得极其猛烈,定要拼个你死我活。狼若是更为强大,就会将对手撕烂,吃下去。反之,狗若是获胜,就显得更为大度,赢了就罢休,并不认为"战死的敌人的肉怎么香",干脆丢给乌鸦乃至其他狼吃;因为狼之间可以吞噬,别的狼会沿着血迹追随一只受了重伤的狼,群起而攻之,结果它的性命。

即使一条野狗,生性也不那么野,很容易驯养,依恋并忠实于主人。逮住的狼崽子,也可以驯养,但是它绝不依恋人,天性总要胜过教育,一长大就恢复凶残的本性,一有可能就返回野生状态。然而,最粗野的狗也会同其他动物结成伴侣,狗天生就愿意跟随和陪伴其他动物。狗善于带领并看守羊群,也完全是本性使然,不是训练出来的。狼则相反,敌视任何形式的群居,连同类也不肯相伴相随。如果见到好几只狼聚在一起,那绝不是和平的交往,而是战争的聚首;它们甚嚣尘上,发出恐怖的嗥叫,表明要合力攻击一个大动物,例如鹿、牛等,或者要除掉一条可怕的牧犬。军事行动一结束,它们便各奔东西,默默地回到各自的孤独状态。

狼的力量很大,尤其体现在前半身各部位,体现在脖颈和颚部的肌腱上。狼能凌空叼着一只绵羊,跑得比牧人还快,也只有牧犬追得上,逼使它丢下掳获物。狼撕咬起来特别凶残,对方越不反抗就咬得越凶;如遇到有自卫能力的动物,它就畏首畏尾了。狼最怕送命,不到万不得已不搏斗,绝不会有勇敢之举。如果它挨了一枪,一条腿打断了,它就会大声嗥叫;然而,人再用棍子来最后结果它的性命时,它却不像狗那样哀嚎了。比起狗来,狼更凶残,更健壮,但不是那么敏感。狼整天整夜地行走,奔跑,到处游荡,不知道疲倦,在所有动物中,也许狼最不容易跑得精疲力竭。狗又温和又勇敢,而狼虽然残忍,却非常胆怯,它一旦落入陷阱,就吓得魂不附体,长时间惊慌失措,任人宰杀也不自卫,任人活捉也不抵抗;它也任人给套上项圈,系上锁链,戴上笼头,然后牵到各处展示,它一点脾气也没有,不敢流露一丝一毫的气愤,甚至不敢流露一丝一毫的不快。

狼的感觉器官很好,眼睛、耳朵,尤其鼻子,非常敏锐;远处看不见的地方,往往先能闻到气味。血腥的气味,从三四公里远就能把狼吸引过去;它从远处也能嗅到活的动物,根据它们一路留下的痕迹,能够跟踪追捕很长时间。狼要走出树林时,绝不会忘记先辨认风向,停在树林边上,朝四周嗅嗅,就能闻到风从远处送来的动物或尸体的气味。狼爱吃鲜肉,不爱吃死尸肉;不过,有时它也吞噬垃圾堆里最臭的腐肉。狼也爱吃人肉,它若是胜过人的话，也许除了人肉什么也不吃了。有人见过狼群跟随行进的军队，到达战场，将胡乱埋葬的尸体扒出来，大吃大嚼，狼吞虎咽，吃多少也不餍足。正是这种吃惯人肉的狼，再见到人就扑上去，往往丢开牲畜而攻击牧人，吞噬妇女，叼走儿童，如此等等。这种恶狼人称"狼妖"，必须多加防范。

狼这种动物除了毛皮，浑身没有一点好处。狼皮粗糙，制成裘衣，既保暖又经久耐穿。狼的肉质极差，所有动物都厌而弃之，惟独狼才肯吃狼肉。狼嘴里呼的气味恶臭难闻：为了填饱肚子，狼什么都吃，诸如腐肉、骨头、兽毛，连沾满石灰的半成品硝皮，无不可以入口，因此它也常常呕吐，肠胃倒空比填满的时候还要多。总而言之，狼身上的一切：卑劣的相貌、粗野的外形、骇人的叫声、难闻的气味、邪恶的天性与凶残的习性，无不招人憎恶，真是生而有害、死亦无益的一种野兽。

狐　狸

  狐狸以狡计多端著称,一定程度上它名副其实;狼以力完成之事,它则凭智取,且得手的概率更多。它不求与狗和羊倌争斗,不袭击畜群,不拖曳尸首,因而活得更安全。它用脑多于用行动,它的本领仿佛就在自己身上:正如人所知,那是最不会匮乏的财富。狡猾而又多疑,聪明且又谨慎,甚至到了耐心的程度,它变换自己的举止,知道只在恰当时机使用保留手段。它极注意自卫:尽管和狼一样不知疲倦,甚至更加轻盈,它仍不完全信赖自己的脚力;它会置己身于安全所在:自己开辟一个隐蔽所,情况危急就躲进去,它在那里定居,生儿育女:它可绝非流浪型动物,而是定居型动物。

  这种区别就是在人类中也可以感到,在动物中则产生更大效果,意味着更有力的理由。一想到住宅,首先需要有对自我格外的关注;接下来,选择地点、建造宅邸、使其舒适、遮住入口诸般技巧,这一切皆是上等感觉的标志。而狐狸便样样具备,并使一切对其有利;它定居林边,离村庄不太远;耳闻雄鸡歌唱、禽类啼鸣:它从远处品味着它们,狡黠地从容而行,不露声色和形迹,

狐 狸

布封当时供职的皇家御花园

钻、爬、到来,而且,它很少做无益的尝试。

要是能越过篱笆或从下面过去,它便分秒不失,捣毁整个禽舍,将所有家禽一网打尽,然后带着猎物敏捷地撤走,将它藏到苔藓下或运到它挖的地穴里;一会儿又回去再找一只,同样掳走藏起来,但藏到另一处;接下去第三只、第四只……直到天亮或那家宅里有了动静,提醒它该收兵了,不可再来了,方才罢手。在涂了粘鸟胶的树枝间及人们下了绳圈套斑鸠和山鹑的树丛里,它施展同样伎俩:抢在设圈套人之前到达,大清早便去查看那些绳圈和涂了胶的树枝,而且往往一天去不止一次,将被绊住的鸟一一掳走,置于不同地方,主要是路边上、车辙里、苔藓底下、刺柏下面,有时放上两三天,需要时,不愁找不到它们。平原上它追猎幼野兔,有时在兔窟里逮着雄兔,要是兔子受了伤,它就绝不会让它们跑掉,它找出养兔林①的兔崽,找到山鹑、鹌鹑巢,逮住正孵蛋的母亲,毁掉成批猎物。狼主要为祸农民,狐狸主要危害贵族。

狐狸贪吃且喜食肉:它吃什么都一样地贪婪,蛋、奶、奶酪、水果,尤其葡萄;吃不到幼兔和山鹑时,它不得已只好接受黄胸鼠、田鼠、蛇、蜥蜴、蟾蜍等,它会消灭一大批,这是它带来的惟一好处。它嗜食蜜;袭击野蜜蜂、胡蜂、大胡蜂,它们开始用刺蜇它上千下,试图撵走它,它也确实撤退,然而是打着滚后退,以碾死它们。它不断杀回来,逼得它们不得不放弃蜂窝,于是乎,它将土剥落,连蜜带蜡吃下去。它也逮刺猬,用脚踢得它们滚动起来,迫使它们直躺着。最后,它还吃鱼、虾、鳃角金龟、螽斯等。

---

① 一种饲养兔子的禁猎区,往往封闭或环绕着水沟,那里兔子在野生状态下繁衍。

狐狸的感官和狼一样好，感觉更灵敏，发声器官更灵活完善。狼只会发出骇人难听的嗥叫，狐狸则既有尖叫，也有粗重的叫声，还会发出类似孔雀叫的悲音；它在不同情绪感染下，有不同的音调：捕猎之声，欲望之调，轻声低吟，忧怨之音，痛苦的嘶叫，这嘶叫只在它挨了枪击、某条腿被打断时才能听到，受其他的伤，它根本不叫，和狼一样，它让人用乱棍打死也不哼一声，而总是勇敢地抵抗。它咬人很危险，咬住便不放，人不得不借助铁器或棍棒让它松口。它的尖叫类似犬吠，由一连串相似的音组成，十分急促。通常在连声尖叫的末尾，发出更强、更高的一声，类似孔雀的啼鸣。冬天，尤其下雪和结冰期间，它叫个不停，相反夏天则近乎哑巴……它睡眠很沉，人靠近它而不惊醒它很容易。睡觉时，它和狗一样蜷作一团；只是稍事休息时，便蹬直后腿，直挺挺地趴着：窥伺鸟儿们时也是这种姿势，顺着树篱的方向趴，鸟儿们对它深恶痛绝，一看见它，便发出一声轻轻的示警啼鸣；松鸦，尤其是乌鸫，从树顶跟踪它，常常反复发出低低的通报声，有时跟它走上二三百步还多。

獾

獾是一种懒惰、多疑、独居的动物,它隐居到最偏僻的地方,最阴暗的树林里,在那里挖个地下住宅;它仿佛逃避群居,甚至逃避阳光,生命的四分之三都在这黑暗的居所里度过,只在觅食时才出去。由于它身长、腿短、爪——尤其是前足的爪又长又结实,它比其他动物更善于刨开土地,挖洞钻进去,并把挖出的杂物抛到身后,它将洞穴挖得迂回倾斜,有时推进到很远的地方。狐狸掘地没有如此灵活,便利用它的劳动:它无法以力强制獾离开自己的家,便使智,它吓唬獾,在穴口守候,甚至用粪便污染它,迫使獾不得不离去,然后,它便占了这所宅子,将它拓宽,清理干净,变成自己的地穴。被迫改换庄园的獾却并不更换故乡,它走到一段距离之外便从头再来辟出另一个窝,只有夜里才出去,很少走远,一感到危险便返回来。它只能以此法保证自己的安全,逃是逃不脱的:它的腿太短,跑不快。若是在离它洞穴一段距离外狗突然撞上它,会迅速赶上它,不过狗很少能完全捉住它,战胜它,除非有人相助。獾毛极厚,腿、颌、齿十分强壮结实,和爪一样;它会躺在地上,使出全身力量、全部抵抗力和全部武器,给狗以重创。而且,它生命十分顽强,可以搏斗很长时间,勇敢抵抗直至最后一刻。

松貂和白鼬

松貂也避开有人居住及没有树木的地方，居住在森林深处，奔走于林间，攀缘到树顶，从不在岩壁内藏身。它以捕猎为生，毁灭大量鸟，寻觅鸟巢，吮吸鸟卵；它吃松鼠、田鼠、山鼠等；和石貂及黄鼬一样也食蜜。旷野、草原、田间、葡萄园找不到它；它从不靠近人宅，它和石貂另一不同在于被追捕时的表现。石貂一察觉到被狗追踪便迅速摆脱它，赶回自己的"顶楼"或洞穴，松貂则不然，它让狗追踪相当长时间后才爬到树上，它并不劳动自己大驾一直攀到枝头，而是停在树干上，从那儿看着狗经过。松貂在雪上留下的足迹好像某只大兽留下的，因为它只能跳跃，总是同时留下两个脚印。它比石貂略肥大些，但头更短，腿更长，跑起来便也更容易；它喉部黄色，不像石貂，喉部白色；皮毛更细，更浓密，且不那么易脱落。它不像石貂那样为小貂准备床铺，然而它将它们安置得更舒服。众所周知，松鼠在树顶筑巢，和鸟一样技艺娴熟。松貂准备产仔时，便爬到松鼠巢，赶走松鼠，拓宽巢口，占据它，生下小貂；它也利用鸮和鸢的旧巢，还有老树干，将上面的喜鹊和别的鸟撵走。它春季产仔；一胎只产两三只；小貂生下来眼睛阖着，但很快便长大；它不久便给它们送来鸟和卵，接下去便带它们随它去猎食。

　　白鼬若能进入一座鸡舍，它不袭击公鸡或老母鸡，而选小母鸡、小鸡雏，就在它们头部咬一下便将它们杀死，然后一个个运走；它也打碎蛋壳，吮吸鸡蛋的那种贪婪人们简直难以想象。冬天，它一般待在谷仓、粮仓里，甚至春天还常常留在那里，在干草或麦秆里生下小鼬。在此期间，它向老鼠们开战，战绩胜过猫，因为老鼠们逃不过它的追捕，它会随着它们钻进鼠洞里；它攀到鸽棚里，逮鸽子和麻雀。夏天，它离开房屋一段距离，尤其是去地势低洼处、磨周围、沿溪或沿河地带，藏在灌木丛中伺机逮鸟，且常安身在一棵老柳树洞内生下小鼬；它用草、麦秆、树叶、废麻为它们准备一张床铺；它春天产仔：一胎有时三只，一般四五只。小鼬出生时双眼阖着，和黄鼬、松貂、石貂等一样；但没多久，它们便长得很大，有了足够力量可以跟随母亲去猎食了。它袭击游蛇、水鼱、鼹鼠、田鼠等；它奔走于草原上，吞噬鹌鹑和鹌鹑蛋。它步子总是不均匀，只能小步疾速跳跃；欲上树时，一下便可蹿上好几尺高；欲逮鸟时它便这样跳跃。

松　鼠

　　松鼠是个美丽的小动物，只能算半野生的，它可爱，温顺，生性天真无邪，应该得到赦免；它既不食肉，又没有害，虽说偶尔抓点儿鸟；它一般的食物是水果、杏仁、榛子、山毛榉的果实、橡栗。它干净、敏捷、活泼，十分机警、清醒、灵巧；它目光充满神采、容颜清秀、身体矫健、四肢发达；翎羽状漂亮的尾巴衬托得面貌更加妩媚，它将尾巴翘过头顶，自己就在它的遮蔽之下。如此说来，它不像其他四足动物地道，它通常几乎直立而坐，以前足当手，将食物送到口中。它不藏于地下，而总待在露天里；它的轻盈使其近于鸟类；像鸟一样停在树梢上，在林中蹿来跃去，也在树上搭巢，采种饮露，只在狂风摇撼大树时才下到地面上。在田间、裸露之地、平原上根本见不到它；它从不靠近人宅；从不待在矮树里，而栖身于高大的树林中，在参天乔木林中的老树上。它惧水胜过陆地，但据断言，必须渡水时，它便以树皮为舟，自己尾巴为帆和桨。它不似睡鼠一般冬眠，总是十分警醒，休歇的树根部稍微被碰一下，它都跳出自己的小巢，逃到另一棵树上，或躲到某个树枝下。它夏天采集榛子，填满树洞和老树的罅隙，冬天便求助于这些存货；它也去扒开积雪到雪下觅食。它声音响亮，比榉貂叫声还要尖厉；它还会闭口发出低吼，每当有谁激怒了它，它便让人听到这种不满的低怨。它轻得不能行走，通常碎步蹦跳，有时大步跳跃；它的爪如此尖细，行动如此迅疾，转瞬间便能攀上一棵树皮异常光滑的山毛榉。

夏夜良宵，可以听到松鼠们在树间追逐欢叫；它们似乎畏惧太阳的炙热，白天躲在阴凉的家中，晚间出来锻炼、玩耍、觅食。它的家干净、温暖、不透雨：通常它们将它建在树杈上；开始先搬来小块木柴，中间混合交织着苔藓，然后握紧、踩实，使其具有足够的容量，坚固可靠，它和孩子们住在里面能自在、安全；窝只有一个朝上的入口，不大不小，很窄，刚好可以通过；入口上方有个像房顶的圆锥形顶盖，可将一切置于其保护下，雨水顺四边流，进不到巢中。松鼠一般产三四只仔。冬末换毛，新毛比脱落的毛红棕色更重。它们用上肢和牙齿将毛梳理磨光；它们很干净，没有任何恶臭，肉的味道尚好。尾部的毛可制画笔；但皮做不出好毛皮来。

鼠 *

鼠以其给我们造成的不便而相当知名；它通常住在堆放种子、储存水果的粮仓里，从那里下来，涌进宅中。它是肉食动物，甚至为杂食动物。比起软物它尤好硬物；它啮食羊毛、布料、家具，钻透木头，在墙上凿洞，藏身于地板夹层中、房架或细木护壁板的空当里；它出来觅食，常常将能拖动的一切运回去，有时把那里变成仓库，尤其是有了鼠仔时。它一年生产数次，几乎都在夏季；每胎一般五六只。冬季，它寻找温暖的所在，在壁炉附近或干草、麦捆里做窠。尽管有猫、毒药、捕鼠器、诱饵，可这些家伙繁殖太快太多，往往还是造成巨大损失；尤其在乡间老宅里，人们在顶楼存放麦子，离粮仓和干草堆近，给它们的藏匿和繁殖提供了便利，它们为数如此之众，倘若它们内部不互相争斗，人们便不得不弃屋迁居；然而我们曾经见过，只要稍一受到饥饿折磨，它们便互相残杀、吞噬，因此，每当数量过多造成粮荒，强者便扑向弱者，掀开它们的头颅，首先吃掉其脑浆，然后吞下尸身

---

* 此处描述的应是黄胸鼠（rat brun）。

的其余部分；第二天战事重开，一直持续到毁掉最大数量的老鼠为止；由于这个缘故，通常受到这些家伙骚扰一段时间后，突然间它们好像消失了，有时消失很长时间。田鼠也是如此，一旦食物开始短缺，它们便互施暴行，它们惊人的迅速大量繁殖才会就此停下来……

老鼠为它们的孩子准备床铺，不久便为它们找食来吃；等幼鼠开始走出洞穴，母亲守在它们左右，保护它们，为救它们甚至会和猫搏斗。一只大老鼠比一只幼猫还凶，力量几乎一般大；它的门牙又长又结实。猫咬的功夫很差，几乎只能使用爪子，它必须不仅强壮，而且经过实践训练。白鼬虽个头小些，却是更危险的敌人，老鼠十分惧怕它，因为白鼬可追进鼠洞：战斗有时持续很久；它们力量上至少不相上下，但在武器使用上却不同：老鼠只有反复数次才能伤害对手，而且只能用门牙，这些门牙又主要是用来慢慢嗑东西而非咬东西，须知它们长在颌这个杠杆的末端；白鼬则用整个颌部拼命地咬，非但不松口，还吮吸被其咬破处的血；这样老鼠总是抵抗不住而毙命。

小 家 鼠

小家鼠比黄胸鼠小得多,数量也更多,更常见,分布更广泛。它有同样的本能,同样的脾气,同样的天性,和黄胸鼠的区别仅仅在于它的弱小和习性;生来胆怯,又不得不随和,它所有的行动不是出于恐惧,便是出于需要,它走出洞穴是为了谋生;它很少远离洞穴,稍有风吹草动便返回去,不像黄胸鼠,挨个房子串,除非迫不得已;它造成的损失小得多,习性温和些,可以驯化到一定程度,但并不依恋人:确实,怎么能爱那些给我们设圈套的人呢?更加弱小,它的敌人也更多,要从它们手中逃脱,或者不如说,它要避开敌人,只能靠其灵活,甚至其矮小。猫头鹰,所有夜间活动的鸟、猫、榉貂、白鼬,甚至黄胸鼠,都向它开战;人们用诱饵轻易便能吸引它,叫它上当,一消灭便是成千上万只;它最终能存在下去只是靠它巨大的繁殖力。

我见过在捕鼠器里产仔的小家鼠。它们任何季节都繁殖,且一年数次:一胎通常五六只;不出半月,小鼠便有足够力量和大小,可以分散到四处,谋求生计。这些小动物长得这样迅速,寿命因而相当短①;另一方面这更增加了人们对其惊人的繁殖力的认识。亚里士多德说,把一只怀胎的小家鼠置于一只贮藏种子的瓮里,不久之后,里面便有一百二十只小家鼠,全部源于一个母亲。

　　这些小动物一点不丑;看上去很有神,甚至可算机灵:人讨厌它们只是基于它们带来的不便及小小的意外。所有小家鼠腹部都是灰白色,有的全身皆白;也有褐色、黑色的,深浅不一。这种鼠广泛分布于欧、亚和非洲;但据称美洲原来根本没有,如今那里的大量小家鼠最初均来自我们这个大陆。此说真实之处在于这种小动物看来追随人类、避开没有人烟之地,因为它们天生爱吃人为自己做的面包、奶酪、肥肉、植物油、黄油及其他食物。

---

① 这是布封的一种理论。即动物的寿命长短直接与母亲怀胎时间和幼崽长大的时间长短相关。

刺　猬

古人说得好:"狐狸知晓许多事,刺猬只晓一件大事。"它会不战而自卫,不攻而伤人:没有多大力量,逃跑又一点不敏捷,它却从大自然得到一副带刺的铠甲,可以轻易缩成圆球,从四面伸出匕首般防御武器,令敌人生厌;敌人越是纠缠,它缩得越紧,武器竖得越硬。它还能用因害怕造成的反应来自卫:撒出尿来弄得浑身又湿又难闻,最终让敌人倒了胃口。因此大部分狗只满足于冲它汪汪叫,根本不想捉住它;不过也有一些跟狐狸一样,找出方法战胜它,可自己的脚要被刺破,嘴也鲜血淋淋;但刺猬既不怕石貂、松貂,也不怕黄鼬、白鼬及猛禽。

我在花园中放出了好几只刺猬,它们在那儿没有多大危害,人们几乎意识不到它们住在那儿:它们以落下的果子为生,用鼻子拱土,但拱得很浅;它们吃鳃角金龟、金龟子、蟋蟀、蠕虫和某些根;它们也极贪食肉,不论生熟都吃。在乡间,常常会在树林中、老树干底下、石头缝中,尤其是田里和葡萄园的石头堆中发现它们……只要天亮着,它们便一动不动,却整夜整夜地跑,更确切地说是走;它们很少靠近人宅;有时也出现在草原上,但它们更喜欢干燥的高地。人们用手便能抓住它们,它们一不逃跑,二不用足或牙齿抵抗;但是,只要人一碰它们,它们立刻缩成球状,要想让它们舒展开,必须将其浸入水中。有人说,它们夏天贮存粮食,可它们是冬眠的,这样一来,那些粮食岂不毫无用处了?它们吃得不多,可以很长时间不进食。它们和其他冬眠动物基本一样,血是冷的。它们的肉不好吃,皮如今没什么用处,过去用来做衣刷和梳麻的刷子。

鼹 鼠

鼹鼠并非失明，但眼睛太小，又遮得那么厉害，以致视觉派不上多大用场；听觉则异常灵敏，有五指的小手与其他动物的足迥异，却与人手颇为相似；身大力不亏，结实的厚皮，总是那样丰腴，雄雌间彼此强烈地依恋，对其他任何群体畏惧或厌恶，具安静与孤独的温和习性；置自身于安全之地，顷刻间便自造一个隐蔽所、一个住宅的技艺；扩大其宅第、不用出来便可找到大量维持生计的食物的能力。这便是它的天性，它的习性和它的才能，可能比更耀眼的素质更可取，那些素质比起暗无天日来和幸福更加水火不容。

它关上隐蔽所的门，就此几乎从不出去，除非夏季雨水过多迫不得已，或者水灌满它的住宅、园丁的脚踩踢住宅的圆顶盖。它在牧场上开出一个圆圆的穹顶，在花园中开条狭长的坑道也算常事，因为一块疏松的耕地比根系交错而结实的草皮更容易分开掀起得多；它既不住在烂泥里，也不待在坚硬地带，那里土质过密，石头太多：它需要一块柔软的土地，能供应水分充足的根，尤其要聚居昆虫和蠕虫，这些是它主要的食粮。

由于鼹鼠极少走出它们的地下居所,它们没多少敌人,且很容易逃过食肉动物:它们最大的灾难是河水泛滥。人们见过在洪水中它们大批涉水逃亡,竭尽全力赶奔地势更高处,可大部分还是丧生,和它们留在洞穴中的孩子们一样;若不是这样,鼹鼠高超的繁殖能力会给我们造成极大的不便。

熊

熊不仅是野生且是独居动物；它本能地避开所有群体；远离人迹能至之地；只有在仍属自然原始状态下的地方它才感到无拘无束：密林深处，人到不了的古老岩穴，老树干上岁月侵蚀而成的树洞都可做它的寓所①；它独自隐居其中，一连数周没有食物，也不出洞，就在那里度过冬天的一段时日。

熊的声音是一种低沉的嗥叫，又粗又低，时常伴有牙齿的战栗，尤其人惹恼了它时；它非常易怒，它发脾气总是由于无缘无故的狂暴，也常常出于任性：它被驯化后，尽管对主人显得很温和，甚至听话，但人必须时刻提防，谨慎待之，尤其切忌迎面打它的脸。有人教它直立，打各种手势，跳舞②；它甚至似乎能闻乐器之音大致跟上节拍；但要对它进行这类训练，必须从它年幼时便开始驯化，并要约束它一生；上了年纪的熊就再也驯化不了，制约不了了：它生来无所畏惧，甚至不把危险放在心上。野熊不绕道而行，见了人不跑；不过据称，吹哨可以镇住它，惊得它站住

---

① 此处指的是比利牛斯山或阿尔卑斯山棕熊的习性。
② 在布封时代，耍把戏、耍狗熊的人很多。

不动,身体竖立起来;这时必须趁机开枪,力争杀死它;须知,一旦没有伤着它,它会向射击者猛扑上来,用前掌抱住他,倘若没人援助,熊会将人掐死。

相对于其庞大的身躯,熊眼很小,耳短,皮厚,毛甚浓密,尽管如此,它的视觉、听觉和触觉都不好。嗅觉极灵敏,可能胜过其他任何动物;它的嗅觉器官内部表面异常开阔:共计四排骨板面,彼此间被三层与它们垂直的面隔开,这样大大增加了能感受气味的表面积。腿和臂肌肉肥厚,和人一样:无论手指脚趾都又粗又短,一个紧挨一个,指甲黑色,同属一种十分坚硬的物质。熊像人一样以拳出击;然而,别看熊这些地方与人有点相似,却只是使它显得更加畸形,而没有优越于其他动物的一丝一毫。

河　狸

河　狸　筑　堤

六、七月间,河狸开始集中,组成群体;它们从四面八方大批赶到,很快便形成一支有二三百河狸的大军,聚会之所通常便是定居之地,总是位于河边。倘若那里水面平稳,总是保持同一水位,比如在湖中,它们便免去筑堤之劳;但在流动水域,水位随时会涨落,比如在小溪、河流中,它们便要立起一道围堤,通过这一拦截,形成一方池塘、水域,始终保持同一水位。围堤像船闸一般横穿河流,从此岸直到彼岸;常常有 80 或 100 尺长①,基部 10 或 12 尺厚。对于这样大小的动物②来说,这一工程十分浩大,也的确需要付出巨大劳动;可比起工程之大,其坚固性就更令人惊异了。它们建堤之处通常是河水不深地带;河边若有棵大树,能倒向河里,它们便首先将它砍倒,做工程的主要零件。此树往

---

① 古法尺,1 尺相当于 325 毫米。全书中的尺皆为古法尺。
② 河狸最大的重 50 到 60 斤,从口鼻部到尾部长不过 3 法尺。

往比二人之躯还粗;它们在树根处又锯又咬;没有别的工具,只靠四颗门牙,用不着多少时间便将树折断,并想让它朝哪边倒便朝哪边倒,即朝横穿河面方向倒去;然后折下这棵躺倒的大树顶部的枝杈,使树呈水平,各处受到相同的支撑力。这些工序是共同完成的:树砍倒后,好几只河狸一起上,咬断枝杈;同时其他的在河边奔走,折断小一些的树,或如小腿粗细,或如大腿粗细;去掉枝丫,在一定高度将它们锯断,用作木桩:河狸先从陆地将这些木块运到河边,再从水上一直运到工地;它们将木块做成紧密的桩基,并要插得更深,还在木桩间缠上树枝。可想而知,这道工序需要克服多大的困难;因为要竖起木桩,使其基本垂直,河狸必须把木桩顶着河岸,或横在河上,用牙齿叼起粗的一端,同时,其他河狸钻入水底,用前爪刨出一个洞,将木桩尖端插进去,这样木桩便可立住。就在一些河狸如此插着木桩之时,另一些则去找泥土,用足加水,用尾搅拌;用嘴衔,用前脚捧,运来大量泥土,填塞到桩基的所有间隙中。桩基由好几排木桩组成,高度一样,一排挨一排;桩基从河的此岸延伸至彼岸,到处都砌满了泥。在水流过来的一边木桩是垂直的;相反,整座堤坝在支承负荷一边则是倾斜的,因此,底部宽10到12尺的堤坝,到顶端减少到二三尺厚了;这样它不仅具备必要的大小和坚固性,还具备最佳的形状以蓄水、拦水、承受水重、瓦解水力。在堤坝顶端,即最薄部分,它们斜开出两三个口作为排水口,随河水涨落,它们将扩大或缩小;发生了特大洪水或洪水来得猝不及防时,堤坝会出现几个缺口,但水位一降,它们会重新施工将缺口修好。

布封在植物园中创作《自然史》的地方

布封雕像(约 1773 年)

河狸的习性

在水中居所旁边,它们建起仓库;户户都有与其人口相应的仓库,所有河狸都享有同样的权利,从不去抢劫邻居的仓库。有人见过一个小镇有二十或二十五户:这样大的定居点很罕见,这类共同体通常也不多;最常见的只有十或十二个家族,每族有独立的街区、仓库、宅邸;它们不能忍受外人定居到自己的篱墙内。最小的家族有二、四、六个成员,最大的有十八、二十,据说甚至可达三十只河狸,几乎总是偶数,雌雄数量相等;这样,即使往少说,它们的社会往往由一百五十或二百名合作工组成,它们首先全体共同筑起那伟大的公共工程,然后分组盖起各自的住宅。

这个社会的成员再多,却始终相安无事;共同劳动加强了它们的团结;它们自己营造的舒适的起居设备、一起聚积并享用的大量食粮维持着这种团结;胃口不大,又不讲究,厌恶肉膳血腥,这样一来,它们连掠夺和争斗的念头都不起:它们享受着人可遇不可求的所有幸福。彼此间是朋友,就算在外边有几个敌人,也会避开它们;它们以尾击水报警,声音远播,在所有房顶上回响:每个河狸都做出选择,或潜入湖里,或避身屋内,它们的墙壁只怕天上的闪电和人类的铁器,任何动物都不敢妄想凿开或推翻。这些庇护所不仅十分安全,而且整洁舒适;地板上铺满绿色,黄杨和枞树的枝条为地毯,上面它们不会有,也不能忍受一点垃圾:面水的窗子做凉台,它们白天的大部分光阴就在那里纳凉、洗浴;它们直立着,头和上半身挺着,整个下半身泡在水里。这种房屋是那样不可或缺,更确切点,给它们带来多少快乐,它们好像离不开似的；有时它们到远一点的冰层下；此时逮住它们很容易，只要从一侧进攻河狸窝，同时在不远处的冰层上凿开的窟窿边守候，它们必须到那里去呼吸。

夏初时节河狸聚集起来；七、八二月用来筑堤盖窝；九月储存树皮树枝；接下去便享受劳动成果，品味家庭的温馨：这是休息的时间，不仅如此，也是恋爱的季节。通过习惯，共同劳动的欢乐和艰辛相识、彼此产生好感，每对夫妇都不是偶然结合，也不是出于纯自然需要结合，而是通过选择结合，趣味相投；它们共同度过秋冬；彼此都很满意，不怎么分开；在家中消遣自在，出门只是做愉快有益的散步；带回新鲜树皮，比起干树皮或浸透的树皮，它们更喜欢新鲜的。据说，雌河狸怀胎四月，冬末产仔，通常生二三只小河狸；雄河狸大约就在此期间离开它们，到乡间享受春天的温馨和水果；不时回家来，但不再住在家里；母亲则住在家中忙于哺乳、照顾、养育小河狸，几星期后小河狸便能跟随母亲出门，这回轮到雌河狸去散步，定居在露天，吃鱼、虾、新树皮，如此在水上、林间度过夏天。秋天，它们又聚集起来，除非洪水泛滥冲垮它们的堤坝或摧毁了它们的窝，那样它们就要早些聚集，好修复缺口。

狮

炎热地区的陆地动物比寒冷或温和地区的动物更大更强悍,也更胆大凶猛;它们的所有自然素质仿佛均源于气候炎热。狮子生在非洲或印度炙热的阳光下,是最强悍、最凶猛、最可怕的动物;我们的狼,我们的其他食肉动物,别说做它的对手,就是做它的食物供给者[1]几乎都不配。阿特拉斯山的狮子既没有比勒杜尔日里[2]或撒哈拉狮子的胆量,也没有它们的力量和凶猛,阿特拉斯山顶有时白雪覆盖着炙热的沙子。主要就在这些炎热的沙漠里生存着这些可怕的狮子,令旅行者胆寒,为祸邻邦;幸好这种狮子为数不多,甚至似乎逐日减少;据游历过非洲这块地方的人证实,现在那里的狮子远不如过去多。这强大而勇敢的动物猎食所有动物,自己却非任何动物的猎物,因而只能将这物种数量减少归因于人类数量的增加;必须承认这百兽之王的力量顶不住霍屯督人或黑人的机智,他们常常敢面对面用很轻型的武器攻击它。

---

[1] 有一种狯猁被称作狮的供给者。——作者注
[2] 在阿特拉斯山和撒哈拉之间的长条地带。

人的数量和技术上的优势不仅摧毁了狮子的力量,也削弱了它的勇气:这种素质虽是天生,却随它使用其力量的成败而受到激发或有所缓和。在撒哈拉广袤的沙漠上,在那仿佛将两个迥异的种族,黑人和摩尔人,分开的沙漠上,在塞内加尔和毛里塔尼亚边境之间,在霍屯督人领土北部没有人烟的土地上,一般地,在非洲和亚洲所有南部地区,人类不屑居住,狮子的数量便依然较多,并且保持着自然造就的本色。惯于和遇到的所有动物较量又屡战屡胜,因而它们无畏而凶悍:还不知道人的强大,它们一点儿也不怕人;还没领教过人的武器的厉害,它们好像与之相抗,受伤会激怒它们,却吓不倒它们;就连看到大批人马也不张皇失措:这样一头沙漠中的狮子就常常单独攻击整个商队;经过一番激烈顽强的战斗,它感到体力不支,那也不逃走,而是继续边战边退,总是迎头抵抗,从不掉头而逃。相反,印度和巴尔巴里①的城市和村镇周围的狮子已经知道了人和人的武器的厉害,失去了原来的胆量,甚至听到人威胁之声便惟命是从,不敢进攻人,而只是扑向小牲畜,最后逃之夭夭,后面还有妇女或儿童在追赶,一顿棍棒之下,便作罢了,很不光彩地放开猎物。

狮子本性温和下来这种变化足以说明它能够接受人给它的印象,而且应该具有足够的温顺,可以驯化到一定程度,接受一种训练:因此历史上谈到套在凯旋战车上的狮子,赶去作战或带去狩猎的狮子,它们忠于主人,只把力量和勇气用在对付敌人身上。可以十分肯定的是,从小抓来、在家禽中间喂大的狮子,很容易习惯于和这些动物生活,甚至毫无恶意地一起玩耍;它对主

---

① 或叫柏柏尔人地区,过去用这种称呼指北非穆斯林国家。

人很温和,甚至亲昵,尤其是在幼年时;就是它天性中的凶猛有时显露出来,也极少冲那些有恩于它的人来。它的动作迅猛,食欲极强,不应推断训练的印象总能抵消这些因素:故而让它过久地挨饿或不适当地折磨惹恼它会有危险;它不仅因受虐待而生气,而且对此耿耿于怀,似乎蓄意报复,就像它也记着人的好处、心存感激一样。我可以举出大量具体事实,我承认发现了其中一些夸大成分,但还是相当可靠,这样的事例之多至少足以证明狮子发怒但高贵,勇敢但宽厚,本性很重感情。人们常常见它蔑视那些弱小的敌人,不以它们的侮辱为意,原谅它们触犯它的放肆行为;人们也见到它,沦为俘虏,百无聊赖但并不乖戾起来,反倒养成温柔的习性,服从主人,舔喂它食物的手,有时将人捐献出来投给它的猎物放生,而且仿佛由于人的这种慷慨之举与它们有了感情,以后继续同样保护它们,同它们平静地生活,把自己的食粮分给它们,有时甚至全让它们拿走,宁可挨饿,也不愿失去它最初善行的果实。

  狮的外表与它内在的高贵品质完全相称:它相貌威严,目光坚定,步伐豪迈,声音恐怖;它的个头一点不像大象或犀牛那样大得过分,不像河马或牛那样笨重,不像鬣狗或熊过于矮壮,也不过长或像骆驼那样高低不平走了样:它是那样匀称和谐,仿佛它的身躯是力量与灵活结合的典型;既结实又矫健,身上没有过多的肉和脂肪负担,不含任何过剩物,它浑身是劲儿。这巨大的肌力在外便表现在它轻松而非凡的纵身跳跃上,表现在猛然摆尾的动作上,摆一下便足以将一人打翻在地;表现在活动面部皮肤尤其是前额皮肤的灵活上,这更增加了它盛怒的面目,或确切点,盛怒的表情;最后表现在它摆动长鬣的能力上,发怒时,狮鬣不仅竖起来,还会向各个方向舞动。

狮子饥饿之时会从正面袭击所有露面的动物,但由于它十分令人畏惧,所有动物都尽量避开它,它常常不得不在途中藏匿等待它们;它潜伏在草木茂盛之处,从那儿奋力跃出,往往一跃便将它们逮住。在沙漠和森林里,它最普通的食物是羚羊和猴子,尽管只有猴在地面时狮才能抓住它们,须知它不像虎或美洲豹那样能上树。它一下吃很多,吃出两三天的饭来;它牙齿十分有力,轻易便能咬碎骨头,和肉一起吞下。据说它能长时间地忍耐饥饿,但由于它气质过热,很不耐渴,每次只要它见到水就喝。喝水像狗一样舔,不过不像狗舔时舌头朝上卷,它的舌头则朝下卷,因而喝水要花很长时间,还漏掉好多水。它每天大约需要十五斤生肉;它偏好活物的肉,尤其是它刚杀死的动物的肉;不喜欢扑向散发恶臭的尸首,而且宁愿猎捕新猎物,也不愿回去找前一个猎物的残余;然而,它一般再怎么以新肉为食,呼出的气味却很重,尿味也极难闻。

狮吼声十分巨大,沙漠的夜里,它发出咆哮的回声仿佛雷鸣:要知道,它发怒时叫声又是一样,突然、短促而反复;吼叫则是一种延长的叫声,一种声调低沉的嗥叫,夹杂着尖厉的震颤。它每天吼叫五六次,要下雨时更频繁些。发怒时的叫声比吼叫还要可怕:那时它以尾击打身体两侧,击打地面,舞动长鬣,面部皮肤挪位,抖动粗大的眉毛,亮出威胁的牙齿,伸出布满坚硬的尖刺的舌头,不用牙齿和爪帮忙,舌头自己就能剥皮吃肉,而爪是它仅次于牙齿的最凶残的武器。它头部、颌、前腿比后半身强壮得多。它和猫一样夜里可视物,它睡觉时间不长,觉很轻;但声称它睁眼睡觉是没有根据的。

狮子一般的步伐总是倾斜的,却豪迈、庄重、缓慢,跑起来动作不均匀,而是蹿蹦跳跃;它动作那样迅猛,无法立即止步,几乎总要越过目标。它扑向猎物时,一下跃出十二到十四尺,落到猎物身上,用前掌抓住它,用爪撕开它,用牙咬它然后吞下去。只要狮子还年轻,动作轻捷,便以猎捕物为生,很少离开沙漠和森林,在那里它能捉到足够的野生动物,很容易生存下去;可一旦年老笨重不适于从事打猎了,它便靠近人常去的地方,对人及家畜变得更危险了:只是人们注意到,它看见人和动物在一起时,总是扑向动物,从不扑向人,除非人打它;须知那样它能清清楚楚地认出刚刚触犯它的人,它会丢开猎物,进行报复。据称它喜食骆驼肉,超过其他任何动物肉;也很喜食小象肉;小象的牙还没长出时是敌不过狮子的,要是母亲不赶到援助它们,狮子轻而易举便能取胜。只有象、犀牛、虎和河马能抵挡狮子。

这种动物再怎么可怕,人仍没有停止用高大的猎犬辅以骑马的人来猎捕它;人们将它撵走,赶退:但必须要让狗甚至马事先经受训练,因为几乎所有动物一闻到狮子的气味便发抖逃跑。狮子皮虽组织坚硬紧密,却一点不避子弹,甚至标枪都挡不住;不过人们几乎从不能一枪便杀死它;人常施计逮它,像逮狼一样,让它掉进一个坑里,坑上盖着很轻的东西,上面则拴着一个活动物。狮子一被逮住便温和起来;要是人能抓住它惊讶或羞愧的最初时机,便可以拴住它的脖颈,给它戴上嘴套,想牵到哪就牵到哪。

狮子肉味道又重又难吃;可黑人和印度人觉得它不错,经常吃;狮皮过去做英雄的长衫,为这些民族做大衣和床;他们也保留油脂,油脂有很强的渗透性,甚至在我们的医学上还有一些使用价值。

虎

肉食动物纲中,狮为首,虎次之;老大,即使在恶类中,也是最大而且经常是最出色的,老二,则通常是最凶残的。傲慢、勇猛、力量之外,狮子还有高贵、宽厚、大度的一面,而虎则凶猛得卑劣,残忍无道,即并非不得已的残忍。因此虎比狮子更可怕:狮子常常忘记自己是兽中王,百兽中的最强者;走路时步伐安详,从不攻击人,除非受到挑衅;只有受饥饿所迫时才加快步伐,奔跑狩猎。虎则不然,就是肉吃得饱饱的,也总像是嗜血如命:它的暴戾只有在设圈套时才稍有间歇;刚刚狂暴地抓住撕裂了一个猎物,却不满足,一边吞下这只猎物,一边又向新的猎物施以同样暴行;它蹂躏一方,既不怕见人也不怕人的武器;它屠戮洗劫家畜群,杀死野生动物,袭击小象,幼犀牛,有时甚至敢犯颜狮子。

身体的外形通常和天性一致。狮神态高贵,腿的长度和身体的长度正好成比例:盖住肩头遮满脸部的密而长的狮鬣、坚定的目光、庄重的步子,一切仿佛宣告着它的骄傲、威严、勇猛无畏。虎身体过长,腿太短,头光秃秃的,目光茫然,血色的舌头总是伸到嘴外,只有低级恶毒和永不满足的凶残特点;它全部的本能便是无休止地大发脾气,毫无理智的盛怒,六亲不认,毫无分别,为此常常吞下亲生骨肉,撕裂孩子的母亲,倘若它想保护自己的孩子。这种嗜血性,它怎么不发展到极点!它怎么不把它造出的整个凶残种族从生下来便摧毁,以彻底消灭这种嗜血性呢?

对自然界的其他成员而言,所幸这一物种为数不多,好像是幽禁在东印度最炎热的气候条件里。它生活在马拉巴尔海湾、暹罗、孟加拉,就在象和犀牛居住的地区;它经常出没河边、湖滨;因为血只能使它口渴,它常需要水来减轻耗尽它精力的燥热;另外,它在水边等候着到来的动物,气候炎热迫使那些动物每天要来好几次;就在那儿,虎选择猎物,更确切地说,反复进行着大屠杀;因为它常常放弃刚刚杀死的动物而去扼杀别的动物;仿佛它想要尝它们的血,品味血,为之陶醉;它劈开撕裂它们的躯体是要探进头去大口吮吸它刚刚开了泉源的血,而这源泉几乎总是不等它的饥渴消失便干涸了。不过,它杀死了某些肥大的动物,如马或牛,要是担心在那儿受到打扰,它便不当场开膛剖腹;为了能自在地将它们分尸,它把它们带到林中,它拖它们是何等轻盈,奔跑的速度好像几乎未因拖着那么大的块头而有所减缓。

虎大概是惟一不能改变天性的动物;力量、约束、强暴均驯服不了它,无论善待还是虐待它,它都生气;舒适的生活习惯无所不能,却对这个铁石一般的性情无能为力;时间非但不能软化它,缓和它的凶残禀性,反而激化了它狂暴的敌意;它撕裂给它喂食的手,就像对打它的手一样;一见到任何生灵它就咆哮;每样东西在它眼里都是新的猎物,它先用贪婪的目光吞噬它,再可怕地抖动身体、牙齿咯咯作响,威胁它,然后向它扑过去,常常不顾锁链和栅栏,这些东西摧毁它的怒气却不能将它的怒气平息。

豺

尽管狼种与犬种十分接近,豺却仍能在这二者之间找到位置。正如贝隆①所说,豺是介于狼和犬之间的兽类。它不仅有狼的凶残,也确实有点狗的随和;它的声音是一种夹杂着犬叫和呜咽的嗥叫;它比狗还爱乱叫,比狼还要贪婪。它从不单独行动,总是二十、三十甚或四十只结队而行;每天它们集合起来发动战争和狩猎;它们以小动物为生,因其数量之众令最强大的动物们也生畏惧;它们几乎在人眼皮底下袭击各种家畜家禽;它们单独进入羊圈、牛栏、马厩,面无惧色;要是找不到别的东西,它们就吞下鞍辔、长靴的皮革,来不及咽下的皮带便带走。缺少活的猎物时,它们便挖出动物及人的尸首。人们不得不在墓地上将土砸实,并掺进粗粗的荆棘以阻止它们扒土掘坟,须知几尺厚的土是不足以令其灰心的;几只豺一起干,边掘土边发出凄厉的叫声,一旦习惯了人尸,它们便不断奔走于墓地间,跟踪部队,袭击商队;这是四足动物中的乌鸦,奇臭无比的肉它们也不讨厌;

---

① 皮埃尔·贝隆(1517—1564):法国博物学家、医生。

它们的胃口总是那么强烈,就是最干巴的皮革仍然是美味,任何皮、脂肪、动物粪便,它们都一样觉得可口。

鬣狗也有这种对腐肉的爱好;它也掘尸,就是因这种习性上的一致,人们常常混淆这两种动物,尽管二者迥然不同。鬣狗是独居、沉默的动物,野性未驯,虽比豺健壮强大,却不那么惹人讨厌,仅满足于吞食死者而不打扰生者;不像豺,所有旅行者都抱怨豺的叫声、偷盗及暴行,豺集中了狗的无耻和狼的卑劣,兼具二者的天性,仿佛只是二者所有恶劣素质的丑恶组合。

象

野生状态中的象

野生状态中的象,既不嗜血成性也不凶猛,它天性温和,从不滥用它的武器或力量,只有在自卫或保护同类时才使用这些武器,发挥它的力量。它有群居习性;人们极少见它流浪或离群索居。它通常结伴而行:最长者带队,年龄居第二者押队走在最后;年幼及体弱者居中;母亲带着儿女,用鼻子抱着它们。它们只有在危险的征途中、要去耕地上吃草时才保持这个次序;在林中及荒僻之地散步或旅行则不这么谨慎,不过也不完全分散,甚至彼此相距不远,可以得到救援,听到警报;当然也有几个会走失,或落在别的象后面,只有这些象狩猎者才敢进攻;因为要猛攻整个象群,就得要一小股部队,而且不损失很多人不能战胜它们。就是对它们稍有侮辱之举,也很危险,它们向冒犯者直冲过去,它们大块头的身体是很笨重,但步子是那么大,轻易就追上跑得最轻快的人:它们用牙戳,用鼻子卷起人,像扔石子一样把人扔出去,再用两腿踩,来最后结果人的性命。但这只是在它们受到挑衅时才会这样攻击人;不向它们挑衅的人,它们丝毫不会伤害的;然而,它们对侮辱十分敏感在意,所以最好避免遇上它们,常出入它们居住区的旅行者夜里升起巨大的火堆,敲打货箱,阻止它们靠近。据说它们一旦遭到过人的袭击或掉进过某个圈套,便永远也不会忘记,随时设法报复。由于鼻子巨大,它们的嗅觉极其灵敏,可能优于所有动物,它们从很远便能强烈地闻到人的气味:轻而易举便能寻踪而去。古人写道,象拔下猎人经过之地的草,一个一个传下去,让所有象都知道敌人经过了,和敌人的行踪。这些动物喜欢河边、深谷、绿树成荫和湿润地带;它们离不开水,先把水搅浑再喝;它们常常吸满一象鼻,再送到嘴里,或仅仅是想让鼻子凉快凉快,再将水流成股喷出或向四周溅出取乐。它们不耐寒,也受不了过度炎热;要知道,为躲避炙热的骄阳,它们尽量钻到最阴暗的森林深处;也常常泡在水里;巨大的体积对其游泳益多碍少;它们没有其他动物入水深,而且长长的鼻子可以高高扬起,靠它呼吸免去任何溺水之患。

它们平常的食物有根、草、叶及嫩枝,也吃水果和种子,讨厌肉和鱼。一头象在某处发现大片牧场,便会呼唤其他象,邀它们与自己来共享。它们需要大量草料,因此常换地方;它们要来到播了种的田里,会造成极大的破坏;身体奇重无比,用脚踩坏、毁掉的作物是吃下的十倍,而它们每天的食物可达一百五十斤草;从来都成群而至,它们一个小时便能毁掉一片农田。因此印度人和黑人想尽一切办法防止它们前来,在耕地周围发出巨大声响,升起大堆篝火使它们掉头而去;尽管有这些防范措施,大象还是常常来占领耕地,赶走家畜,撵跑人,有时将细小的住宅彻底掀翻。大象很难被吓倒,它们几乎不知道害怕;惟一能出其不意令其止步的是向它们投放的烟火和爆竹,那种突如其来而又迅速翻新的效果让它们恐惧,有时会让它们掉头折回。人极少能拆散它们;因为通常它们全都共同决定是进攻,还是旁若无人地走过或逃跑。

驯化了的象

象一旦被驯化,便成为最温顺最听话的动物;它依恋照顾它的人,抚摸他,迎合他,仿佛猜到能取悦于他的一切:不久它便开始理解那些手势,甚至听懂声音的含义;分辨出命令、发怒还是满意的语气,并相应地采取行动。它从不误解主人的话;专心地接受命令,谨慎殷勤地执行,但并不仓促:须知它总是动作有节,它的性格仿佛因袭了它大块头的重量。人很容易教它屈膝,以便人能更容易地骑到它身上;它用象鼻摩挲朋友,向人指给它的人们致意,还借助它抬起重担,放到自己背上。它让人给穿衣,好像乐于见到自己披上亮鞍金辔。人们用套将它套住,拴到货车、犁、船、绞盘上;它都一样不断地拉,毫不气馁,只要人不去不恰当地打它,侮辱它,而且像是感谢它卖力的诚意。赶象人通常骑在它脖子上,用一根铁鞭,一头带钩或装有锥子,拿它来扎象头部耳朵旁边,提醒它,叫它拐弯或加速;但常常是言语便够了,尤其是在象已有时间和它的驾驶者认识、对他充分信任了的情况下;有时它的依恋之情变得非常强烈、持久,它的爱非常深厚,通常会拒绝在别人指使下服务,有时还见过它因盛怒之下杀了教师而懊悔至死。

战　象

　　远古以来印度人便利用象作战：在这些军纪不好的民族的部队里，象是最好的队伍，而且，只要人们只用铁器打仗，象队通常又是决定战斗命运的队伍。不过，从历史上我们也看见，希腊人及罗马人很快习惯了这些战争巨兽，他们将队列分开，让象通过，根本不尽力伤它们，而将所有的箭射向赶象人，象一旦与其他部队分开了，赶象人便赶紧投降，安抚大象；而现在火器成为战争的要素和主要的杀人工具，象既怕火器的声音又怕它的火焰，在战斗中不是有益，而是碍事、危险了。印度的国王们仍然在战争中将象武装起来，不过，与其是图其效果，不如说图排场，当然他们从中也能获益，就像从其他士兵身上获益一样，那便是征服同类；他们也用象驯化野象。印度最强大的君主们今天没有二百头战象，而有很多其他大象做劳役，运载大格笼子旅行，里面坐着君主的妃嫔们；这是非常安全的坐骑，因为象从不失蹄，但这坐骑并不舒服，需要一段时间适应它生硬的动作和不停摇摆的步伐。最佳位置在颈部，那里晃得没有肩部、背部或臀部难受。可一旦要去远征打猎或作战，每头象上总要骑好几个人，赶象者跨在它颈项上，猎手或士兵或站或坐在象身的其他部位。

犀　牛

　　犀牛是次于象的最强大的四足动物。与象在体积和重量上相近；之所以显得小得多，是因为它的腿按比例算比象短得多；但在自然本领和智力上却与象相去甚远，它从自然中只得到自然赋予所有四足动物的一般东西，皮肤没有任何感觉，没有手和专门触觉器官，没有长鼻，而只有一片灵活的嘴唇，其所有敏捷的手段都在这片嘴唇上了。它优越于其他动物的几乎只有力量、大小和鼻子上面顶着的只有它个人所有的进攻武器：这便是一只整个都又硬又结实的角，所在的位置比反刍动物的角有利：反刍动物的角只武装了头和脖颈的上部，而犀牛的角则保护整个嘴的前部，防备鼻子、嘴和脸不受欺侮；因此虎更愿攻击象，可以抓住象鼻，而不攻击犀牛，要袭击犀牛颈部必冒被开膛的危险：须知这家伙的身体和四肢包着一层穿不透的皮；它既不怕虎爪、狮爪，也不怕猎人的铁器和火：它的皮肤黑不溜秋，和象皮颜色一样，但更厚更硬。它不像象对飞虫叮咬那样敏感，皮也不能皱缩、挛缩，只有颈部、肩部和臀部有粗粗的褶皱，便于头和腿的活动，腿很粗大，末尾宽大的脚上有三只大爪，头按比例算比象更长，而眼睛却更小，从来又只是半睁着。上颌比下颌突出，上唇能动，可以一直拉到六七寸长，唇中央是一个尖尖的附属器官，这样，这一动物比其他四足动物更容易采集草料，攒成一把把，几乎和象用鼻子所做的一样：这片由肌纤维组成的柔韧的嘴唇类似手或象鼻，十分不完整，但仍能有力地抓取，灵活地触摸。乳白的长牙构成象的防御设备，犀牛则有强大的角和上下颌各有的两颗有力的门牙；除了这四颗门牙，位于颌骨四角前部，它还有24颗臼齿，上下颌两边各6颗。它耳朵总是直竖着，形状和猪耳较为相似，只是相对于其身体而言要小些，那是上面惟一有毛，更确切地说，有鬃的部位。尾端和象的尾端一样，有一束极结实、坚硬的粗鬃。

犀牛以粗劣的草、有刺茎的菊科植物、带刺的灌木为食，它喜欢这些粗粮胜过肥美的草原上甜美的牧草，它很爱吃甘蔗，也吃各种种子，对肉没有任何兴趣，所以小动物们不担心它；它不怕大型野兽，和所有动物甚至虎和平共处，虎常常陪着它，不敢攻击它。犀牛不聚集成群，也不像象结队而行；它们更孤僻，野性更强，也许更难猎捕、战胜。只要没受到挑衅，它们不攻击人，但是受到挑衅它们会大发雷霆，非常可怕；大马士革的利刃，日本的军刀都剁不开它的皮，标枪长矛扎不进去，它们的皮甚至能抵御火枪子弹，铅弹落到它们皮上便撞扁了；铁器的柱形弹不能完全穿透它，这个穿着铠甲的身躯上惟一完全能穿透的地方是腹部、眼睛、耳朵周围，因此猎人不迎面站着进攻这种动物，而是远远跟踪，等到它休息睡着的时候靠近它。

犀牛

骆 驼

阿拉伯人将骆驼视为天上的馈赠,神圣的动物,没有它的帮助,他们既无法生存下去,也不能进行贸易和旅行。骆驼奶成为他们日常的食物;他们也食其肉,尤其是幼骆驼的肉,依他们的口味,其肉很香;这些动物的毛又细又软,每年都完全脱落长出新毛,给他们做织物,穿在身上或布置房间。有了骆驼,他们不仅什么都不缺,甚至也什么都不怕;他们可以一天将敌人甩在五十里①以外:世上所有的军队要追赶一队阿拉伯人都会覆没:因此阿拉伯人只有愿意时才会屈服。但是什么东西能摆脱被人类滥用的命运啊?同是这个阿拉伯人,自由、独立、安宁甚至富有,不但不尊奉沙漠为其自由的壁垒,反以罪行玷污沙漠;他穿过沙漠到邻近民族去抢夺奴隶和金子,利用沙漠从事抢劫,而不幸的是,他以抢劫为乐尤胜于他的自由,因为他的举动几乎总是一帆风顺,其邻居再怎么瞧不起他,他们的力量再怎么优越于他,他却能逃脱他们的追捕,带走从他们那里抢来的一切,不受任何

---

① 法国古里,1里约合4公里。

单峰骆驼

惩罚。

  打算从事这种陆上海盗一行的阿拉伯人很早便能忍耐旅行之劳苦；他试着免去睡眠，忍受饥渴和炎热：同时教他的骆驼们，他就是为这同一目标养骆驼和训练骆驼；骆驼生下没几天，他便让它们屈腿蹲下，迫使它们这样匍于地上，在这种姿势下，给它们装上较重的担子，让它们习惯承重，只有在换上更重的担子时才将前面一个拿走；不但不让它们在任何时刻吃草、渴时喝水，而且一开始便控制其用餐，渐渐地拉长两餐之间的距离，同时减少食物量；等骆驼们强壮了，便训练它们奔跑：他以马为榜样刺激骆驼，最终使它们和马一样轻盈而更加强壮：最后，等他对骆驼的力量、轻盈、饮食有节都有了把握，便让它们载上够自己和骆驼吃的食粮，和它们出发，出其不意地来到沙漠边缘，拦劫最先经过的路人，抢劫偏僻的住宅，将战利品装到骆驼身上；要是受到追踪，被迫加紧撤退，那便是他施展自己和骆驼全部才能的时候：他骑上其中最轻快的一头骆驼，带领整个驼队日夜兼程，几乎马不停蹄，不吃不喝，轻而易举便能在一周内走出三百里路；整个这段疲惫赶路的时间里，他就让骆驼载着东西，每天只给一小时休息时间和一团面团；他们常常这样一跑就是九至十天，找不到水，他们便不喝；偶尔在一段距离以外有个水塘，他们在半里多地外闻到有水，饥渴折磨下，他们更加快步伐，一次便喝足了过去所有时间和未来同样长时间的水，须知他们的旅行往往历时几个星期，而旅行多久，他们便需要节制饮食多久。

水 牛

水牛天性比牛还犟,不易通融;它很难听话,更加暴躁,反复无常更加突然和频繁;它所有的习惯都粗野原始,是仅次于猪的最肮脏的家畜,因为它很难任人洗刷。它的面孔肥大,令人讨厌,目光呆滞,带着敌意;它的脖子卑贱地向前探着,头昂不起来,几乎总垂向地面;发出可怕的哞哞声,声调比公牛声重得多也低沉得多;四肢瘦,尾秃,面色阴晦,神色阴郁,和其皮毛一样:它和牛外部的主要区别便是皮的颜色,人透过稀疏的毛便能瞧见它的皮。身材比牛更粗短,腿长,头按比例而言小得多,黑色的角不那么圆,部分压扁了,一绺短而卷曲的毛垂在前额;它的皮比牛皮更厚更硬;黑而硬的肉不仅难吃,而且难闻。雌水牛不如乳牛奶好,不过产奶量却很大。在热带地区,几乎所有奶酪是用水牛奶制造成的。还在哺乳的小水牛肉也并不比其他水牛好吃,只有水牛舌头尚好。皮比其他部分都有用;皮结实、较轻,几乎穿不透。由于这些牲畜一般比牛高大强壮,人们有效地用它们耕地;让它们拖担而非挑担,靠一个穿过它们鼻子的环指引牵制它们;两头套车的水牛,更确切地说,锁在车上的水牛和四匹壮马拉的一样:它们的脖颈和头自然而然地垂着,因而拉车时会使用全身的重量,而这总量大大超过一匹马或耕牛的分量。

斑　马

斑马或许是所有四足动物中长得最好穿着最雅的动物了。它有马的外形和优雅，鹿的轻盈，以及一身黑白条相间的裙衫，这些条带间隔那样规则对称，仿佛自然用了尺和圆规将其画就：这些黑白相间的带子相距很窄，彼此平行，分隔距离非常精确，仿佛一块花格布料，因而显得尤为特别，另外，它们不仅延伸在躯干上，还延伸在头部、大腿、小腿，直至耳部和尾巴，远远望去，这种动物仿佛浑身环绕着细带，好像人为了消遣用了许多技巧这样规则布置在它身体各部分；这些条带顺着身体轮廓分布，随各部肥瘦不同或圆的程度不同而变得宽些窄些，从而勾勒出肌肉形状。雌斑马是黑白条相间，雄斑马则是黑黄相间，不过色调都非常鲜艳耀眼，它的皮毛短细而密，其光泽更添色彩之美。斑马通常比马小比驴大；尽管人们常把它和这两种动物相比，甚至称之为"野马""斑驴"，它却非二者任何一种的翻版，倒应是它们的样板，倘若自然界中一切并不具有同样的独创性，倘若每一种动物在被创造中享受不平等的权利。

因而斑马既非马亦非驴，它就属于它自己那一物种；我们没有听说过它和马或驴杂交生产过，虽然人常试图让它们亲近。

驼鹿和驯鹿

将驼鹿和驯鹿与鹿做一比较，便可获知二者的准确形状。驼鹿更大、更粗壮，腿更长，脖颈更短，毛更长，角比鹿角宽而粗大得多；驯鹿则矮而壮，腿短粗，蹄更宽大，毛甚密，角长得多，而且分成许多叉，末端宽大若掌，不像驯鹿角，这样说来只不过在侧面切割开、分出侧枝。二者项下皆长有长毛，且尾短，耳比鹿长得多。它们只靠跳跃前进，和狍及鹿一样：其步履如小跑，敏捷而轻松，在相同时间里可和狍或鹿走出几乎同样的路程，却不那样疲惫；须知它们能如此不停地跑上一两天。驯鹿守居山里，驼鹿则只住在低地和湿润的森林里。二者和鹿一样都成群结队、结伴而行；二者皆可驯化，驯鹿比驼鹿更易驯化；驼鹿和鹿一样在哪儿也没失去自由，而驯鹿则成为最原始的民族，拉普兰人的家畜，他们没有别的家畜。在这个只有斜阳照耀的寒冷气候里，夜与昼各有其季节，秋天刚开始便雪覆大地直到春末，荆棘、刺柏和苔藓是夏季惟一的绿色，人怎么能期望养畜群呢？马、牛、母羊，我们所有这些有用的牲畜在那既找不到食粮，也抵御不了酷寒，必须在森林的主人中寻找最易驯化和最有用的物种：

拉普兰人做了我们自己倘使失去畜群会做的事情；那就是必须驯化我们森林中的鹿、狍来代替原来的牲畜，让它们成为家畜。……

比较拉普兰人从驯化了的驯鹿身上获得的好处和我们从我们的家畜获取的好处，会看到这一种动物便相当于两三种。人们利用它和马一样拉雪橇，拉车；它走起来更卖力气更轻盈，轻而易举便可日行三十里，在冰冻的雪地上和在草地上跑一样自信。雌驯鹿产的奶比牛奶更有营养更具有滋补性，驯鹿肉非常好吃；它的毛可做上好的毛皮，脱去毛的皮成为极软极耐久的皮革：如此，驯鹿自己便给予我们从马、牛、母羊身上得到的一切。

羚　羊

　　羚羊，尤其是大羚羊在非洲比印度更常见：它们比其他小羚羊强壮凶猛，从其角的两重弯曲上很容易与它们区分开来，而且羚羊在体侧底部根本没有黑色或褐色条带。中等羚羊和黄鹿大小、颜色一样；角甚黑，腹极白，前腿比后腿短。在特莱姆森、杜格拉、泰勒和撒哈拉地区可见大批羚羊。它们很干净，只在干燥整洁的地方俯卧。它们跑起来也非常轻盈，对危险十分注意，十分警觉，因此在裸露之地它们会向四周观察半天；一发现人、犬或别的什么敌人，便使尽全力逃跑，不过它们虽天生胆怯，却有种勇气：因为当它们受到突然袭击，会立刻停下来直视进攻它们的人。

　　羚羊的眼睛通常又黑又大，非常有神，同时又那样温柔，东方人因而以此编了句谚语，将女子的明眸与羚羊的眼睛相比。大部分羚羊腿比狍细而灵巧，毛一样短，而柔软有光泽；它们的前腿没有后腿长，这样就像野兔一样，上坡比下坡容易。它们至少和狍一样轻盈敏捷，但狍与其说是奔跑，不如说是蹿蹦跳跃，而羚羊则是均匀地奔跑而非跳跃，大部分羚羊背部是浅黄褐色，腹下呈白色,体侧下部一条褐带,将这两种颜色分开。尾长短不一,但总是长满较长而稍黑的毛;耳朵直竖很长,中间较宽,顶端呈尖状。所有羚羊都为偶蹄,形状大致与绵羊蹄相仿;不论雄雌,都有角,不脱换,和山羊一样;只是雌羚羊角比雄的细而短。

河 马

河马身体比犀牛长,但一样粗壮;腿短得多,头按身体比例而言不那么长,但更肥大;它既不像犀牛,鼻上长角,也不像反刍动物,头上长角;其痛苦的叫声既近于马嘶,又似水牛吼,可以推想这种声音的相似关系足以给它取名河马,意味着河里的马;就像猞猁叫有些像狼嚎,便被称作"猎鹿狼"一样。河马的门牙,尤其是下颌上的两颗尖齿,极长,极有力,质地极坚硬,咬铁器时会迸出火星,可能为此产生了古人的寓言,详述河马如何口中吐火。河马的门牙,尤其是下颌的门牙极长,呈圆柱形,带有凹槽;尖牙也极长,弯曲,呈棱柱形,很锋利,像野猪的獠牙。臼齿呈方形或不规则的长方形,和人的臼齿较为相像,而且很粗,一颗就重三斤多;最大的门牙和尖齿可达12寸甚至16寸,有的一颗重十二三斤。

有了这样强大的武器,加上身体惊人的力量,河马本可以令所有动物生畏;但它天性温和,而且那么笨重,跑起来那么缓慢,不可能追上任何一种四足动物。它游水比跑快;以鱼作为猎物捕杀。它在水里很愉快。和在陆上一样愿意待在水中:不过,不像河狸和水獭,它脚趾间无膜,好像它能自在地游水,全仗腹部巨大的容积,使得它和水的比重几乎相等。再有它在水底可坚持很久,在那里行走如在露天;从水中出来放青时,它吃甘蔗、灯芯草、黍、水稻、根等;它能消耗破坏大量这些东西,给耕地造成很大损失;但它在陆上比在水中胆小,人很容易便能赶上它;它的腿太短,要是远离水边,就无法逃脱:遇上危险它的对策便是扎进水里,潜到里面,游很长一段之后才又露头。人猎捕它时,它通常逃跑,可要是人偶然伤了它,它就会动怒,狂暴地调转回身,冲向船只,用牙抓住船,往往掀掉几块船板,有时还会将船弄沉。

貘

这是美洲这块新世界最大的动物,正像我们已经说过的,在这块世界上,生物似乎缩小了,或者不如说,没来得及达到最大的体积。不像亚洲古老土地上生产出的巨大块头,不像大象、犀牛、河马、长颈鹿和骆驼,我们在这些新陆地上发现的,只有小型的个体,貘、羊驼、小羊驼、水豚,都才是旧大陆上与之对应作比的动物的二十分之一;在这里不仅造物的材料得到惊人的节省,就连力量也有缺陷,仿佛是造物时被忽略了,或是没有成功。美洲的动物,那些专属于新大陆的动物几乎全没有长牙、角和尾巴;它们相貌奇特,身体与四肢不匀称,整体不统一;有的如食蚁兽、树懒等,天性如此卑劣,几乎没有行动和吃饭的能力;它们在沙漠的荒僻处痛苦地过着萎靡的生活,要是到有人居住之地,就无法生存下去。在那儿,人和强大的动物会很快将它们毁灭。

貘有一个小母牛或瘤牛那么大,但无角无尾;短腿,身体呈弧形,像猪身,幼时长有带花斑的皮毛,像鹿一样,接着长出一律深褐色的毛;头肥而长,一只很长的鼻子,类似犀牛;上下颌各有十颗门牙,十颗臼齿,这一特点将它与牛类及其他反刍动物等彻底区分开。

貘似乎是种忧郁和喜欢黑暗的动物,只在夜间出来,只好待在水中,比起陆地它更常住在水里;它生活在沼泽里,几乎不大远离河边或湖边:一受到威胁、追赶或受了伤,便扎进水中,潜入水底,待上一段时间,游出很长一段路才会露面。它这些与河马共有的习惯使某些博物学家以为它是河马的同类,然而二者本性差别之大和气候不同形成的差别一样大,只要比较一下我们刚作的描述与对河马的描述便可确信这一点。住在水里,貘却不以鱼为食,长着一张装备有二十颗锋利门牙的嘴,却并不食肉:它以植物和根为生,根本不用其武器对付其他动物;它天性温和、胆怯,逃避任何战斗,任何危险。腿短身大,它跑得却不慢,游水便更快。它通常结伴而行,有时大队出行。它的皮质地十分坚实紧密,常常能挡住子弹。它的肉淡而无味且粗糙,不过印第安人食其肉。一般在巴西、巴拉圭、圭亚那、亚马孙河流域及南美整个范围内,从智利的边界直到新西班牙都能见到它。

羊驼和小羊驼

秘鲁是羊驼的故乡和真正祖国。它们在那里是最大的必需品；它们自己便成为印第安人的全部财富：其肉好吃，毛是上好的细绒毛，一辈子都不断帮助运送当地的所有食品；它们一般载重为一百五十斤，最强壮的可驮到二百五十斤；在所有其他动物无法通行的地区，它们进行较长的旅行；走得比较慢，每天只走四五里路；其步态庄重稳健，步子坚实；它们走下陡急的沟壑，攀越峻峭的山岩，这些地方连人都不能与它们同行：通常它们连续走四五天，然后需要休息，便自己做主暂停二十四或三十小时，才又重新上路……

它们的生长比较迅速，寿命不很长；三岁时便能生育，甚至十二岁精力都很充沛，然后开始衰弱，到十五岁便彻底衰竭了。它们的天性仿佛是按美洲人的天性塑造的：温和而冷静，做什么都有尺度、分寸。旅行中要休息一会儿时，它们便加上十分的小心屈膝，相应地降低身躯，以防止货担落下或弄乱；一听到赶它们的人的哨音，就以同样的小心站起来重新上路。只要有草的地方，它们便边走边吃，但夜里从来不吃，哪怕白天没有进食：它们用这段时间反刍。它们睡觉时匍匐而卧,脚蜷曲在腹下,反刍也是这种姿势。要是人让它们干活累得精疲力竭,只要一次被重担压倒,就别想再让它们站起来,打也没有用;它们坚持待在摔倒的地方;要是人继续虐待它们,它们会绝望地自杀,方式是以头左右撞地。它们既不用足也不用牙自卫,因此,除了愤怒这种武器,别无其他。它们向侮辱它们的人脸上吐唾沫,据称它们发怒时唾沫有刺激性,甚至能让人皮肤上起疱疹。

羊驼高约四尺,包括颈部和头部,其体长五六尺。这种动物的头长得很好,大眼睛,嘴有点长,厚嘴唇,上唇裂,下唇有些耷拉;上颌无门齿和犬齿。耳长四寸,朝前长着,可以自如地竖起和扇动。尾巴才八寸长,又直又细,略有些翘。蹄似牛蹄一样叉开,但蹄后长有距,帮助它在步履艰难时不致摔倒并站牢。背部、臀部及尾部覆盖一层短绒毛,而体侧和腹部下的毛则很长。另外,羊驼颜色各不相同,有白、黑,也有杂色。其粪便似山羊的粪便。

这种在其居住地区如此有用甚至必需的动物,供养和食物却花费不了什么:它们是偶蹄动物,没必要钉掌;身上覆盖着厚厚的羊毛,免去了装驮鞍;它们既不需要种子、燕麦,也不需要干草,自己去啃吃的青草便足够了,且吃的量很少,饮水上便更有节制了:它们饮下自己的唾液,这种动物比任何其他动物的唾液都丰富。

小羊驼容貌与羊驼很相像,但它们更小,腿更短,鼻吻缩得更紧凑,绒毛是干玫瑰色,但没有那么深,没有角。它们在山脉最高处居住吃草:冰雪仿佛不妨碍它们,倒令其惬意。它们结队而行,跑起来十分轻捷,它们胆很小,一看见什么人,便将它们的子女赶到前面逃之夭夭。秘鲁过去的国王们严禁猎捕它们,因为它们繁殖不多;今天比西班牙人刚到之时大量减少。这种动物的肉不似野羊驼肉那样香,人追捕它们图的是羊毛和它们产出的胃石。人逮它们的方式证明了它们特别胆小,说它们愚蠢也行。几个人聚集起来将它们吓跑,并赶进某个狭路上,人在三四尺高处拉些绳子,上面吊些布头、布片,来到这些通道的小羊驼见到被风吹动的这些破布摇来摆去吓得不敢过去,聚集成堆,以致人很容易把它们大批杀死;可要是队伍中有几只野羊驼,它们身躯高大,不像小羊驼那样胆小,会从绳上跳过去;它们一做出榜样,小羊驼们会照样跳过去,逃出猎人之手。

树　懒

二趾树懒和三趾树懒这两种难看的动物大概是自然界惟一虐待的动物,向我们展示天生不幸的惟一画面。

没有牙,这些可怜的动物既不能捉住猎物,也不能以肉为食,甚至不能吃草;沦落到以树叶野果为生的地步,它们耗费许多时间在树下爬行,要爬到树枝上的时间就更多了;这种缓慢而乏味的锻炼有时持续好几天,在此期间,它们不得不承受饥饿,或许要忍受最迫切的需要:到树上后,它们便不再下来,紧紧攀住树枝,一部分一部分地吞食大树,接连吃掉每个树杈上的树叶,如此度过数周,还不能用任何饮料来掺和这种干枯无味的食物;等它们毁尽财富,树全秃了,它们仍然滞留在那里,因为它们下不来;最后,它再次感到需要,而且这需要迫切强烈,胜过害怕死亡的危险,又不能下来,它们便让自己摔下去,就像一大块、一大堆没有弹簧的东西重重地摔下来,要知道它们僵硬、懒惰的腿来不及伸展开缓解这一冲力。

到了地上,它们便交给了所有敌人:其肉并不完全难吃,因而人和肉食动物都追杀它们。它们好像繁殖很少,或至少即使经常生育,数量却很少,须知它们只有两个乳房,所以一切都要毁灭它们,这一物种维持下去的确很难。

猴

猴再怎么像人,却具有那样深重的动物色彩,一出生便看出来。它比小孩子相应地强壮成熟,生长快得多,母亲的帮助只在最初数日有必要;它只能接受纯个体训练,因此,此种训练和对其他动物的训练一样没有成果。

故而它是动物,尽管像人,却远非我们这一种物种的老二,在动物的次序中未居首位,它不是最聪明的动物。人对猴的能力有个重要偏颇的看法,便是仅仅依据这种形体上的相似:有人说,它不论外表还是内心都像我们,故而它不仅应模仿我们,还应当自己便能做我们做的一切。但猴和人的相像更在于身体和四肢,而不在它对身体和四肢的使用上:只要稍加留意观察,便会轻易发现,它所有动作都突然、断续、仓促,要想和人的动作相比,必须给它们另外设想一种比例尺,或者更确切地说,一种不同的型号。猴的所有行为源于训练,那是纯动物的训练:它们的行为在我们看来显得滑稽、前后矛盾、荒谬怪诞,因为我们弄错了比例尺,将它们与我们联系起来,而应作为它的度量单位的和我们迥然不同。它的性情活泼,脾气暴躁,天性欢跃,任何情感也没因训练而变得温和,所有的习性都过分,更像狂人的动作,而非人甚至一种安静的动物的行为。由于同样的原因,我们觉得它不听话,很难接受人想传给它们的习惯。它对爱抚不敏感,而只有受惩罚才会服从;人可以监禁它,却不能让它成为家畜:它总是忧郁或脾气恶劣,总是反抗,做怪相,人是在征服它,而不是赢得它。

鹰

　　鹰的体魄与气质和狮子有许多相似之处,那就是它们的力量,狮子称为百兽之王,鹰则被奉为百禽之首。它气质高贵,傲然面对那些猥琐小雀,对其污言秽语不屑一顾,除非那些贪嘴的乌鸦、嚼舌的喜鹊不停地挑衅,它才忍无可忍,给它们致命的一击。鹰另一个特点是从不吃嗟来之食,只享受自己的胜利成果。它克己节食,从不贪食全部猎物,而像狮子那样,总是大方地把剩余食物留给其他鸟兽。即便饿死,也决不扑向那些腐尸臭肉。它像狮子那样孤傲,守土如家,维护在自己领地内捕猎的绝对权利。通常,很少能见到两群狮子同处一林,而两对鹰同占一山则更为少见,它们相互间总保持足够的距离,以保证能提供食物的广阔空间。它们只按照食物的多寡来决定是否延伸自己的王国。鹰的眼睛炯炯发亮,羽毛颜色与狮子皮毛相近,爪子形状也与之相同,它同狮子一样气壮声厉。这一禽一兽格杀捕猎的本能与生俱来,同样凶猛、高傲,难以驯服,驯养它们必须从幼龄开始。驯鹰须十分耐心,掌握高超技巧才能将雏鹰训练成捕猎能手。猎鹰随年龄和力量的增长,会逐渐对主人产生一些危险据书中记载,过去在东方曾有人豢养猎鹰捕猎,但现在它已从驯隼场①慢慢消失:鹰太重,架鹰者会感到不堪重负。再者,鹰桀骜不驯,不易驾驭,主人对其任性或暴躁的脾气往往产生畏惧心理。鹰爪和喙呈弯钩形,威武英俊,堂堂仪表显示了它的本性。除具有这些锐利武器,鹰体格强壮,双腿与两翼非常有力,骨骼硬朗,肌肉结实,羽毛粗硬,姿态高傲挺直,动作突然,飞行迅速。在鸟类中,鹰飞得最高,自古以来有"天鸟"之誉。古人通过观察它的飞行来预测事务。把它视为天王的使者。鹰的目力极好,但与雕相比嗅觉较差,因此鹰只依靠视觉捕猎,当它抓住猎物时,习惯做低空飞行,似乎要称一称猎物重量,带走前总要将其掼到地上。尽管鹰的翅膀有力,但腿比较僵硬,尤其负重时很难站在平地上。鹰可以毫不费力地带走鹅或鹤等大型飞禽,也可以轻易地抓走野兔甚至羊羔或小山羊,当它袭击小鹿或小牛时,一般先在原地吃肉喝血,再把碎肉带回自己的家——鹰巢。鹰巢浅而平,不像大多数鸟巢呈凹形。鹰把巢筑在两块岩石之间,那里既干燥而又不易接近。鹰巢极为坚固,建造一次可享用一生。作为建筑确实称得上是一件杰作:它像一块平板,用许多5—6尺长的棍棒搭成,棍棒两头相压,再编上一些柔软的枝条,里面铺垫些灯心草和欧石楠草。巢宽约数尺,相当坚固,不仅能承载成年鹰和雏鹰,而且可负担大量食物。鹰巢上面没有覆盖物,只利用突出前伸的岩石遮挡。雌鹰通常在巢中央产蛋,每次只产2—3枚,大约孵化30天,由于其中常常有未受精的,因而在同一个巢中极少能见到三只雏鹰,一般只有一两只。有人甚

---

① 驯隼场:驯养猎隼的场所,也驯养捕猎的其他猛禽。

至肯定,当雏鹰长大一些,雌鹰便杀死最弱小的或最馋嘴的。这种反常情感产生的原因只能归结为食物的缺乏,雏鹰的父母在自己食物匮乏情况下,尽量减少家庭成员数量。而且,一旦雏鹰开始强壮起来,可以觅食,父母就将它们赶得远远的,永远不允许再回来。

秃鹫

列在食肉猛禽类中第一位的是鹰,不仅因为它比秃鹫强大,而且更为高贵,不似后者那么卑鄙残暴;鹰的性格更高傲,行动更勇猛,胆量超乎寻常,既要捕食猎物,又同时要显示力量而去争斗;相反,秃鹫则只有贪婪的本性,一旦死物能满足其食欲,它便几乎不去与活物争斗。鹰善于独自肉搏,只身追逐,攻击并抓住敌人或猎物;而秃鹫稍遇些许抵抗便纠合同类,共同充当卑鄙的杀手。它们不是战斗者而是掠夺者,是屠夫而非猎手。因为在食肉猛禽中,只有它们成群结伙,以众敌寡,只有它们抢夺死尸,甚至将死尸撕成碎片,连骨头也不放过。它们对腐尸臭肉趋之若鹜,毫不嫌弃。雀鹰、隼乃至此类最小的猛禽都比秃鹫表现得更为勇敢。它们独自捕猎,几乎全都讨厌死物,尤其是拒绝腐肉。在可以与猛兽相比的猛禽中,秃鹫集合了老虎的力量和残暴,豺的贪婪与卑鄙,它们结伙挖掘死尸,吞食腐肉;与此相比,鹰具有狮子的勇气,高贵的气质,宽宏大度,性情豪爽。区别秃鹫与鹰,首先分清它们不同的性格,再观察它们的外表。秃鹫很容易识别:它的眼睛凸出眼眶,而鹰的双眼则深陷在内;秃鹫顾名思义是秃，它的头和颈部光秃，只有少量绒毛或星星点点的羽毛，鹰的这些部位则长满了羽毛；通过爪子的形状也可以辨别二者，鹰爪几乎呈半圆形，因为它们几乎不在平地上站立，而秃鹫爪子短而且扁平；秃鹫翅膀下布满绒羽，而其他食肉猛禽则没有；秃鹫喉下长有细毛，而其他猛禽是羽毛；通过站立的姿态也容易识别秃鹫，鹰总是高傲地直立着，身体与脚呈垂直角度，秃鹫站立时为半水平状，低头哈腰的姿态好像与其低微卑下的性格相符。我们甚至从很远的地方便可以认出秃鹫，因为它们几乎是惟一成群飞行的食肉猛禽，而且在飞行时显得笨拙沉重，连起飞都很艰难，有时要努力试上几次才能勉强飞起来。

鸢 与 鵟*

  排在秃鹫之后的肉食性猛禽还有鸢和鵟。它们与秃鹫性情和习惯都很相近,丑陋、无耻、卑劣。秃鹫尽管不具备高贵的品格,由于它们形体大,力量强,仍在鸟类中排在前位。鸢与鵟则没有这些优势:它们比秃鹫小,只能从数量上弥补和超过它们。鸢与鵟在各地都很常见,而比秃鹫更令人讨厌。它们更经常接近或光顾有人居住的地方,很少待在荒漠上,从不在渺无人烟的地方筑巢。它们喜欢土壤肥沃的平原和山丘,不爱贫瘠的山区。这些鸟食性很杂,所有的肉食都很是美味可口,都适合它们的胃口。土地越肥沃,植被越茂盛,昆虫、爬行动物、鸟类及小动物也就越多,鸢与鵟通常把家安在山脚下,安在那些生机勃勃,野生动物和鸟类丰富的土地上。它们并不勇敢,但从不客气,既凶残又愚蠢,狂妄而胆大。它们不善察觉危险的存在,所以猎人不难靠近它们,比对鹰和秃鹫更容易地猎杀它们。它们被捕获后仍然难以驯化,因而总是被从驯隼所里驱逐出去,不能位列鸟类的

---

* 鸢:读音 yuān,猛禽类,隼形目,俗称老鹰,其特征是尾部分叉。鵟:读音 kuáng,大型食肉猛禽,形状似老鹰,但尾羽不分叉。

贵族。生活中,人们总是把漫不经心的男人比作鸢,把愚蠢的女人比作鵟①。

尽管这类猛禽在本性上相近,体型、嘴喙以及与其他许多方面都几乎一样,我们仍能比较容易地把鸢与鵟,以及与其他同类食肉猛禽区别开来。鸢有一个非常明显的特征:尾部呈凹形。它的尾羽中间部分很短,远看像是分了一个叉,所以又别称"叉尾鹰"。鸢的两翼比鵟长,飞翔起来自由自在得多。鸢的一生都在空中度过,它几乎从不休息,每天要飞很远。虽然如此,鸢飞翔却非为捕猎,也不是要寻找猎物,因为它不捕猎。飞翔是它的天性,它的拿手戏。鸢飞翔的姿势优美,令人羡慕。在空中翱翔时,那长而窄的双翼伸展不动,尾部像舵一样掌握着全部飞行。它从不显得疲倦;起飞时轻松自如,下降时好像滑落在倾斜的木板上。它的飞行更像在水中航行,既可以急速前飞,也能随时减速,甚至常常停下,悬在空中一动不动达数个小时,丝毫看不到它扇动双翼。

---

① 当鵟窥伺猎物时,总是待在高处一动不动,样子十分愚蠢。——作者注

隼

　　就胆量相对于力量大小而言，隼也许是最勇敢无畏的猛禽。一旦发现目标，它便会直冲下去，猛扑猎物，不像其他雀鹰等猛禽那样从侧翼迂回攻击目标。捕获其他猛禽时通常需撒大网，而对隼则完全不用。它会像铅砣一样，径直冲向诱鸟，根本不去顾及周围的网。如遇诱鸟体形较大，隼会当场杀死它，就地吃掉，要是诱鸟体轻身小，便将其抓走，直上云天。一旦附近有养雉场，隼便首选为猎取对象。它会突然出现，好似从天而降，眨眼间就从高空扑到地上，抓住猎物，令其措手不及，防不胜防。隼还常常攻击老鹰，或为试探其胆量，或要抢夺其食物，它与其开战主要是使其难堪；隼将老鹰视为懦夫，鄙夷地攻击追逐它，老鹰虽自卫能力差，但隼并不将它置于死地，也许是因为它浑身臭气，这比其卑劣更让隼难以忍受。①

---

①　驯隼人都很清楚隼与老鹰势不两立，老鹰的卑劣家喻户晓。——作者注

伯 劳*

这种鸟尽管体形小,可是十分勇敢,它身体各部位小巧玲珑,宽宽的弯钩嘴却非常强壮,伯劳对肉食有很强烈的欲望,应把它列入食肉猛禽类。它甚至可以算作最残忍、最嗜血成性的猛禽。我们总是很惊奇地看到,一只小小的伯劳居然会有那么大的勇气,毫无畏惧地与喜鹊、乌鸦、红隼等比它大而且强壮的鸟争斗。它的争斗不仅是自卫,而且常常主动攻击,尤其是当一对伯劳联合起来保护幼鸟免遭掠夺时,它们总能取得优势。它们并不等敌人靠近,只要敌人胆敢闯入它们的地盘,它们便冲上前去,一边大声鸣叫,一边给对手以致命的打击,怒气冲冲地将来犯者赶走,使其不敢再来。在与强敌相差悬殊的争斗中,很少见到伯劳屈服于强力,或被强敌掳走,有时仅会因为它们抓住敌人太紧,不能松手,而与敌人同归于尽。所以连最勇敢的猛禽如隼以及乌鸦等都很尊重伯劳,不敢去寻找麻烦,反而总是离得远远的。自然界里,这种小鸟最为勇敢,它仅有百灵鸟那样大小,

---

* 伯劳:现已归属鸣禽目。其额部和头部的两旁黑色,颈部蓝灰色,背部棕红色,有黑色波状横纹。吃小鸟和昆虫。

经常成双成对地与雀鹰、隼等空中霸王同处一片天空，丝毫不担惊受怕。尽管伯劳一般虽以昆虫为食，但还是更喜肉食，在自己的领域内觅食从来不怕受到惩罚。它们经常追逐所有小鸟：可以看到它们猎食小山鹑或者小野兔，连掉到陷阱里的斑鸫、乌鸫以及其他的小鸟都会成为伯劳口中之食。它们用利爪紧紧抓住猎物，用嘴碎其脑壳，勒紧并撕烂其颈部，杀死猎物之后，便拔掉毛一顿饱餐，然后将剩下的残骸慢慢撕碎，一块一块地带回自己的巢中。

鸮*

诗人赞誉鹰为天王,把鸮称为"天后"。它是惧怕阳光,只作夜行的鸟类中之王者。若不仔细分辨,鸮与普通的鹰相仿,个头差不多,都同样强壮。实际上鸮比较小,而且全身各部位的比例也与鹰不同。它的腿、身和尾都比鹰短小,头却大得多,双翼伸展时只有5尺左右,远不如鹰的双翼宽。辨别鸮最容易的地方是它那硕大的头颅,宽阔的脸庞,大而深的耳洞。它头上长有一对长耳,羽丛竖起来足有二寸多长,黑色的短嘴呈弯钩形,两只大眼睛清澈明亮,瞳孔又黑又大,眼周围镶着一圈橘黄色,有放射状羽毛构成面盘,面部长有浅色的绒毛或白色不规则短毛,四周还围着卷曲的短羽。足趾为黑色,强壮而弯曲。鸮颈部短,全身羽毛为褐色,背部间有黑点和黄斑,腹部为黄色,也有若干黑点,并间杂着褐色条纹,爪的上部覆盖着一层厚厚的橙红色羽毛直到趾甲。它的叫声令人毛骨悚然,每当咿呜咿呜的声音划破宁静的夜空,在山野中回荡,便会把已栖息的鸟惊醒,令它们

---

* 鸮:读音 xiāo,俗称"猫头鹰",头大,嘴短而弯曲。

猫头鹰

担惊受怕,怕被驱逐或抓走,甚至被弄死,撕成碎块,带到巢中当作储备食物。鸮通常栖息在山上的岩洞或被遗弃的塔楼内,很少来到平原,不愿在树上搭巢,但有时停在孤零零的教堂或古堡上。鸮最常见的食物是小野兔、家兔、鼠类,如鼹鼠、田鼠、老鼠等。它把这些猎物整个吞下去,把肉消化后,再将毛皮、骨头成团地吐出来。鸮的食物很杂,除上述小动物外,还猎食蝙蝠、蛇、蜥蜴、蛤蟆等蛙类,用这些食物喂养后代。它捕猎从不知道疲倦,巢穴里的食物总是非常充足,是最能捕获和储存食物的食肉猛禽。

鸽　子

　　那些肉大身沉的飞禽比较容易家养，如鸡、火鸡、孔雀等，而体重轻、飞行快的鸟则需要更多的驯养技术。圈养繁殖家禽只需低矮的茅草棚舍和圈起的围墙，而养鸽子则要专门修建高高的鸽楼。鸽楼外面要抹得又平又光，里面砌上许许多多小格子，这样才能吸引和留住鸽子。它们既不像马或狗那样容易驯服，也不像鸡那样可以把它圈住，而更像临时过客，或者自愿深居简出，只有给它们提供满意的条件，足够的食物，舒适方便的生活，才肯住进鸽楼。假如稍微感到缺乏些什么，扫了它们的兴，便离开此地四散他去。有些鸽子对鸽楼里最干净的窝也不屑一顾，却更眷恋老城墙上的土洞，或者甘愿栖身于蓬蒿树洞中。有些鸽子似乎总爱离家出走，什么也拴不住它，另有一些则不敢出行，守在家中寸步不离，需要在鸽子窝旁边给它喂食。

　　所有鸽子，无论家鸽还是野鸽，都有共同的优点：喜爱群体，依恋同伴，性格温和，对爱情忠贞不渝，爱清洁，会保养，非常讲究风雅，愿意讨人喜欢。它们就像不熄的火，情趣始终如一，从不沮丧，不厌烦，不吵架。所有艰苦的事情平均分摊，雄鸽甚至还愿意承担母亲的职责，与雌鸽轮流孵化养育子女，以此来减轻妻子的负担，从而在夫妻之间建立平等关系。这种平等关系正是维系双方长久幸福的基础，若人类能够模仿，鸽子堪为人类之楷模。

麻 雀

在荒漠或远离人群的地域内,几乎从来见不到麻雀的踪影。这些鸟同鼠类一样,总是眷恋人类的住所。它们不喜欢树林,也不愿生活在广袤的原野上。甚至它们在城市里的数量比在乡村还要多,树林中的村落农庄里很难觅其踪迹。它们追寻有人群的地方生存,懒惰而且贪嘴,总是靠吃别人现成的东西生活:一切收藏或分发谷物的场所,如粮仓谷囤,鸡舍鸽楼,都是它们最喜欢光顾的地方。它们既贪得无厌又数量众多,净干蠢事而且一钱不值,羽毛毫无用处,肉也不能做美味佳肴,叫声聒噪烦人,行为无所顾忌,十分令人讨厌。所以它们到处被驱逐,有人甚至不惜花费很高的代价将其轰走。①

麻雀最招讨厌的地方不仅是它们数量多,而且在于它们诡计多端,狡狯多疑,冥顽不化,从不舍弃待惯了的老地方。麻雀很狡猾,胆大不怕人,难以引诱它们上当。它们能轻而易举地逃避设下的陷阱,让捕捉者白费心机,磨掉耐心。麻雀窝外用干

---

① 如在普鲁士,尽管害虫成倍增加,也仍采取措施驱赶麻雀。——作者注

草,内铺羽毛,如果将其毁掉,一天之内它们就可以另搭一个。麻雀窝里的蛋通常是5—6枚,或者更多,一旦窝毁蛋打,8—10天内还能再产一窝。假如它们在树上或屋檐下遭到袭击,便会更隐蔽地躲藏在粮仓的屋顶内。麻雀耗粮惊人,有人通过笼养的麻雀计算过,两只成年麻雀每年需要消耗约20斤谷物。尽管它们有时捉昆虫喂养幼鸟,而且它们自己也靠相当数量的昆虫为生,但主要食物依然是上等谷物。每当农民耕地撒种,开镰收割,打谷入仓时,甚至当农妇撒食喂养家禽时,它们总是紧随其后,巧取豪夺,甚至到鸽楼里寻找食物,以至啄透幼鸽的嗉囊取食;麻雀也吃蜜蜂,喜欢毁灭对我们惟一有益的昆虫。正因为麻雀如此作恶多端,无法无天,缺乏教养,所有的人皆想方设法消灭它们。

一般来说麻雀栖息在舍瓦下、屋檐内、墙洞里,或者专用箱笼。有时也常在枯井内或在有百叶窗护栏的窗台上做窝。有的麻雀还把窝搭在树上。有人曾经带给我从高大的核桃树或者是柳树上摘下它的窝。麻雀把窝搭在树梢,同样外用干草,内铺羽毛。也有个别麻雀的窝较特殊,其顶部加一个盖,用以遮风挡雨,盖子上留有一个出入口。但如果窝是搭在洞内或已有遮挡的地方,麻雀便不去费力做这个没用的窝盖。从这一点倒也可以看出麻雀有些理性:它会比较两种不同的情况。当然也有既很懒惰又胆大包天的麻雀,它们从不愿费力搭窝,而是去驱逐白尾燕,抢地占巢。有时它们也袭击鸽子,把鸽子从鸽棚赶出去并占领此地。不难发现,在这个小小的群体里,麻雀的习性多种多样,性情比其他鸟类更复杂完善,也许正是因为它们经常与人为伍,近似驯化却从未屈从或依赖人类。它们只从社会中索取对自己适合的东西,却从来不为社会增添什么,本性谨慎多疑,又练得诡计多端,极能习惯和适应周围不同的环境、时间与生存条件。

金 丝 雀

若将夜莺称为林中歌手,金丝雀便是室内音乐家。前者之天赋源于大自然,后者则得益于艺术熏陶。金丝雀的发声器官并不够发达,音域不太宽广,音调也欠变化,但它的听力非凡,模仿力和记忆力超群。动物各个感官的差异形成不同的性格特点,金丝雀能够适应社会,性格温顺随和,就因其听觉非常敏感,善于捕捉并记忆陌生的印象。它爱与人接近,认人甚至依赖人,会表示亲热或抱怨,但并无恶意,即使生气也不会伤人,它生性愿与人为伴。金丝雀同其他家养的鸟一样,只需用谷物喂养它,不像夜莺那样难伺候,必须喂肉或小虫,并且还要加工好。驯养金丝雀很容易,也很有趣,训练它可以给人以乐趣。它进步迅速,很快就会抛弃自己的野腔野调,和着我们的声音与乐器鸣唱。它配合人类的教育,又还给人类更多的东西。而夜莺自恃有才,更愿意保持原有的自然声调,很少接受人类的调教,使人难以训练它唱歌。金丝雀能说会唱,夜莺对此则不屑一顾,总是喜欢自顾自地啼啭鸣唱,它的歌喉总是那样鲜亮,堪称大自然的杰作,无须进行人类艺术加工;金丝雀则是典型的风流雅士,它个性温顺,容易造就,不那么固执。两者相比,金丝雀的社会消遣活动更多:它总在唱歌,在最阴暗的日子里给我们新的活力与希望,让我们幸福快活,它为青年人带来欢娱,为幽禁者带来快乐,它也能减少修道院里的烦恼①,给天真纯洁的心灵和受束缚的灵魂带来愉悦。我们在安置它后可以仔细观察到它的情爱,千百次地回忆起那圣洁的心灵与柔情:如果说秃鹫作恶多端,那金丝雀便是行善无边。

---

① 见法国诗人格雷塞(1709—1777)在所著滑稽叙事诗《女修道院的鹦鹉》,诗中描绘了一只令修女们快乐的鹦鹉。

南 美 鹤*

大自然中,南美鹤居住在南美热带森林中,从不靠近已开发的地区,更是绝迹于人群的居住地。它们成群结队在一起,一般不喜欢去沼泽地或水边,而常在山区或地势较高的地区生活。它们善于行走奔跑却不善飞,偶尔会飞到离地面不高的地方或矮枝上休息,但飞起来时也只有几尺高,显得身体笨拙,远不如奔跑起来快捷。它们像凤冠雉①等鸡形目飞禽一样,以野果为食。遇到人们突然而至,它便飞快地逃走,同时发出火鸡一般的尖叫声。

这些鸟从不捡拾树枝草棍做窝搭巢,它们在大树底下挖坑,把蛋产在坑里,蛋的数量比较多,有10—16枚。像其他鸟类一样,蛋的数量随雌鸟年龄的增长而变化。南美鹤的蛋几乎为圆球形,比鸡蛋稍大一些,呈淡绿色。幼鸟身上保留有绒羽,即第一茬尖细的羽毛。这层绒羽比小鸡或小山鹑的绒毛保留时间长久,长约二寸,非常浓密,摸起来很柔软。披着这层绒毛,有时很

---

* 产于南美西北热带地区,生理与习性介于鹤与秧鸡之间。
① 产于巴西、墨西哥的高原地区,羽毛为黑色。

容易将它们与长有鬃毛的同龄走兽相混淆。南美鹤成鸟的羽毛直到它们长大到四分之一时才出来。

南美鹤不仅很容易饲养,甚至非常亲近照顾它们的人,表现出与狗同样的殷勤和忠心:如果在家里饲养一只南美鹤,它会接近主人,向主人表示亲近,并且跟随主人,在身边跑前跑后,表现出它高兴伴随和迎接主人。但若对方让南美鹤产生恶感时,这种鸟就会用嘴啄他的腿,赶走他,有时甚至直追到很远,显得怒气冲冲,其实经常并非是它受到了虐待或攻击,只不过是因为它的主观任性,认为对方长相难看或气味难闻。南美鹤对主人的命令百依百顺,一旦主人发话,只要是不仇恨对方,它可以来到任何人身边。南美鹤喜欢受到抚摸,尤其喜爱伸出头和颈让人搔痒,而且,一旦习惯了这些亲昵的爱抚,它就变得比较缠人,每次都主动要求再三抚摸。它有时竟不等叫,每当人吃饭时就来,它把自己当成房间的主人,先是驱赶猫或狗,然后再要吃的。它信心十足又胆大包天,所以从不逃走,一般大小的狗都不得不让位给它。南美鹤与狗之间的争斗常常要进行较长时间,它知道在争斗中如何先跳在空中躲过狗的尖牙利齿,然后落在对方的身上,想办法用嘴或爪弄瞎对手的眼睛;当它胜利后,便起劲地追赶对手,如果不将它们分开,它就会置对手于死地。此外,南美鹤在与人的交往中具有几乎与狗相应的本能,有人甚至说可以驯养它来牧羊。还据说它很嫉妒,若谁与它分享了主人的爱抚,它就记恨谁。比如它经常来到桌前,看到黑人或仆人光着腿靠近主人,它就毫不留情地去啄他的腿。

莺

　　阴霾的冬天是毫无生气的季节,是自然界的休眠和沉睡时期:昆虫停止了生命,游蛇停止了运动,植物终止了生长,失去了绿色,所有的空中居民都被抛弃流放,水族生命被关在冰冻的牢狱中,大部分陆地动物被囚禁在山洞、岩洞、地洞内,这一切给我们展现出一幅幅萧条冷漠的景象。鸟类的回归带来了初春第一个信息,这些可爱的小生命唤醒了沉睡的大自然,焕发了新的活力与生命,树木吐出了新芽,小树林披上了新装,引来了新主人在此嬉笑打闹,唱歌传情,到处是一派生机勃勃。

　　在森林的主人当中,莺科小鸟最多,也最惹人喜爱:它们活跃、灵巧、轻盈、好动,所有的动作看上去都富有感情,叫声中透出喜悦,玩耍中隐藏爱情。树木长叶开花时,这些小鸟来到了我们身边:有些住进我们的花园,有些更喜欢林荫大道和树丛;不少钻进了大森林,另有一些藏进了芦苇荡。莺雀布满大地各个角落,到处能听见它们欢畅的歌声,看到它们飞来飞去的欢快身影。

　　我们不仅喜欢它们无忧无虑,还希望它们漂亮美丽;但大自

布封在御书房里用显微镜观察标本

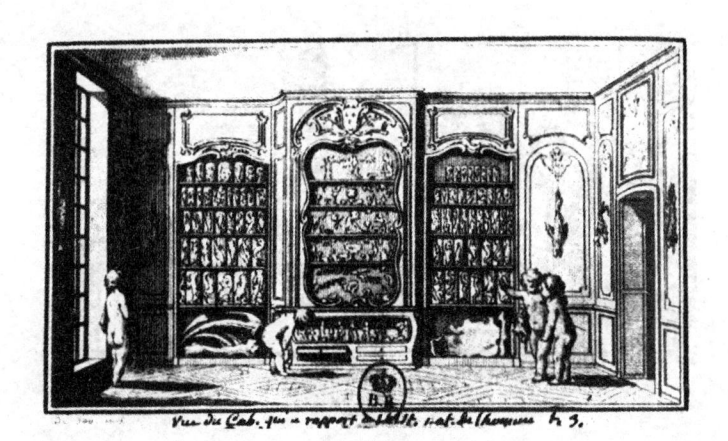

标本室

然似乎只赋予了它们可爱的性情,却忽视了装扮它们。莺雀的羽毛暗淡而缺少光彩:除两三种身上稍有斑点略能点缀,其余的浑身都是暗淡的灰白色或褐色。

它们居住在花园里、树丛中,或是种植蚕豆、青豆等的菜田里,一般在蔬菜架子上栖息;它们在这里玩耍、搭窝,不停地出入,直到收获季节。这时,它们迁徙的日期临近,该离开这块乐土,离开爱的家园了。观看它们叽叽喳喳相互追逐好似看一场节目,它们的打闹并不过火,争斗也是天真无邪,结果总是以几支歌结束。莺是轻浮爱情的象征,如同斑鸠是忠贞爱情的象征一样。莺总是快乐无忧,充满活力,它们实际上并非缺乏爱情,也不缺少对爱情的忠诚,雌莺孵卵时,雄莺在旁边千呵万护,与它共同迎接小生命的降生,直到成长后也不分离。

莺生性胆小,在与它同样弱小的鸟类面前都常常躲避,尤其害怕遇到最危险的敌人——伯劳。然而危险一旦过去,一切便抛至脑后,用不了一会儿,它又变得欢乐愉快,又唱又跳。它只在树林中最茂密处唱歌,这时总把自己隐藏起来,尤其是在炎热的中午,只偶尔才在树丛边上露面,但很快便又回到密林中去。早晨可以看见它采集露水,在夏季短暂的雨后,它常来到湿润的树叶上,摇晃树枝洗淋浴。

在莺类中,黑头莺叫得最好听,声音最流畅,有些像夜莺。我们可以长时间地享受它妙美的歌声,甚至在春天的唱诗班销声匿迹之后,仍可以听到树林里黑头莺的歌声。它们的歌喉轻快纯洁,尽管音域不太宽广,但十分美妙动听,婉转而富有层次,这歌声仿佛涵养了树林的清新,描绘了恬静的生活,表达了幸福的感受,听到这些大自然的幸福鸟歌唱,谁能不为之动情呢?

红 喉 雀

　　红喉雀喜欢阴凉而且潮湿的地方。春天里,它轻盈巧妙地随意捉些蚯蚓或小昆虫充饥;有时可以看到它在空中像只蝴蝶,不停地围着一片树叶转,原来是发现了上面有一只苍蝇;有时可以看到它在陆地上扇动着翅膀,踏着小碎步向猎物冲去。秋季里,它的食物也很丰富,或吃些荆棘丛中的果实,或飞越葡萄园吃些葡萄解馋,或在树林里找些酸浆果;不过这样一来,它很容易掉进为捕捉它们而张开的网:猎鸟人常用些小野果当诱饵。红喉雀常光顾泉水边,它在那里或洗澡,或饮水,尤其是秋天,它比其他季节里更显肥壮,更需要清洁凉爽。

　　红喉雀是树林中最早醒来的鸟,每天清晨,别的鸟还在睡眠中,它便张开歌喉唱起来;它也是最晚休息的鸟,很晚还可以听到它的声音,看到它飞来飞去的身影,捉到它的时候常常夜幕已开始降临。红喉雀傻乎乎的,容易轻信,它们生性好动与好奇,很容易掉进任何陷阱,可算是最容易上圈套的鸟:只要诱鸟人发出一声鸣叫,或打动枝条,发出一些响声便能把它招来,随后用网套或粘板捉住它。猫头鹰的叫声,或用诱鸟笛模仿猫头鹰的叫声也可以惊动它。甚至只要用手指放在嘴里学它的叫声或其他的鸟叫声，周围的红喉雀便惊动起来。它们飞来时，从很远就能听到明快的叫声，那当然不是婉转的歌声，只是它每天早晚的叫声，或是在表达发现新东西时的激动。它们在设下的圈套区域内不停地飞来飞去，直到被粘鸟板粘住。猎鸟人经常在树林里的小径上设套捕捉这些小鸟，圈套设得较低，因为它们的飞行高度离地不超过四到五尺。一旦其中有一只逃脱了圈套，它就会发出声音警告，其他临近圈套的鸟便会逃之夭夭。人们也可以在林子边上装有粘板和绳圈的竿子上捉到红喉雀；但是最可靠的工具当属捕鸟夹子和套鸟圈。甚至无须在这些圈套中放置诱鸟，只要在林中空地边上或在小路中间张开网，这些可怜的小鸟受到好奇心的驱使，就会自己钻进去。

鹡 鸰[*]

鹡鸰个头并不比普通的山雀大多少,但是一条长尾巴足以让人感到它大。它全身总长约七寸,尾巴就有三寸半。飞行时长尾巴展开,像一朵花一样,它依靠着这只又长又宽的桨,在空中平衡、转身、前冲和折回;停落时,要上下连续摆动五六次来给尾巴找平衡。

这些鸟在河滩上飞跑的时候很轻巧,有时浅滩上的水织成了一个小水网,它们甚至迈开长腿涉进水中。人们更经常看到它们在磨坊的闸门上飞来飞去,时而停在石头上,好像是来和洗衣妇们一起洗衣。它们整日围在这些妇女身边,毫无拘束地靠近她们,收集她们扔过来的面包屑,还不停地拍打尾巴,似乎在模仿洗衣妇们敲打洗涤衣物,这种习惯动作使它们有了一个别称——"洗衣鸟"。

有一种鹡鸰对于牛羊情有独钟,习惯在草地上伴随畜群,它们在吃草的牛羊中飞来飞去,大胆地混在中间散步,有时还停在

---

* 鹡鸰:读音 jí líng,鸣禽目的一种,身体小,嘴细长,尾和翅膀都很长,以昆虫和小鱼为食,是保护鸟。

牛羊背上。它们与放牧人在一起无拘无束,飞前飞后,没有疑虑,也没有危险的感觉。甚至它们会在狼或猛禽靠近时发出警告。因而这些在田园风光中生活的鸟有"牧羊鸟"之美称。它天真纯朴,和平友好,是我们的朋友,若它不被人类野蛮地赶走,或者因怕送命而远离人类,它可以让大部分动物靠近我们。对于鹡鸰来说,情感胜于恐惧,田野间没有任何鸟能与人如此亲密无间:它们很少避人,即便离开也不会太远。它们对人十分信任,连手持武器的猎人靠近时,它们也不显得胆怯,飞开一下很快就回来,它们甚至不知道什么叫逃跑。

鹡鸰虽然是人类的朋友,但绝不屈服而成为人类的奴隶。一旦关在牢笼里它就会死去。它喜欢与社会融合在一起,惧怕窄小的牢笼,但如果冬天把它放到一所房子里,它还可以生活,在那里捉苍蝇吃或者吃喂给它的面包屑。有时候行船的人们会看到它来到船上,钻进船舱,与船员们混熟,在整个旅途中跟随着船员,直到下船时才分手,以免在海上迷失方向。

鹪　鹩[*]

　　鹪鹩是一种非常小的鸟,冬季到来时在农村和城镇附近常能见到。即便是天寒地冻,也能发现它的踪迹。尤其在傍晚,它回巢之前总要在外逗留一会儿,时而在木桩高处,时而在柴堆顶上,用明亮的歌喉发出愉快的鸣啭,有时也在屋顶前稍停片刻,然后便钻到屋檐下或墙洞里。当它再钻出来后,就会翘着小尾巴,蹦蹦跳跳地跑到成捆的树枝堆上。它飞行的距离不长,总是绕圈飞,翅膀扇动起来频率很快,肉眼难以看清翅膀的动作,只能听到空气振动的声音。因此,希腊人称之为"嗡嗡响的陀螺"。这个别称不仅能比喻它的飞行,而且也很形象地描绘了它短小而紧凑的体形。

　　鹪鹩身长不到 10 厘米,飞起来也只有 15 厘米左右,喙只有 1.35 厘米,脚高 1.8 厘米①。全身、翅膀以及头和尾羽均为褐色,上面有波浪般黑色横纹,腹部夹杂着白或灰色羽毛,大致同

---

　　* 鹪鹩,读音 jiāo liáo,属鸣禽亚目,褐色的小鸟,体短胖,嘴细长,翼短,腿和脚粗壮,尾短而且略往上翘。以昆虫为主要食物。
　① 原文为英寸(Pouce),换算为厘米(1 英寸=2.54 厘米)。

小山鹬的羽毛一样,体重将近四分之一盎司①。

在我们这里坚持到严冬的几乎只有这种小鸟,在这个忧伤的季节里惟有它保持愉快乐观的情绪。它总是那样活跃,如贝隆②所言,它那种快乐无法用人类语言形容。叫声既高昂又清晰明亮,由一些短促的音符组成:唏嘀哩嘀,唏嘀哩嘀;大约每隔5—6秒钟便重复一次。在宁静的冬季,我们只是偶尔听到乌鸦的叫声,而鹪鹩的鸣唱给我们带来惟一轻快优雅的声音,尤其是在下雪时分,或者是异常寒冷的晚上,更容易听到鹪鹩的叫声。这些小鸟生活在鸡舍或木堆里,它们在树枝丛中,在树皮上,在屋顶下、墙洞里甚至枯井中寻找昆虫的蛹或尸体为食。此外,还经常来到温泉旁边或不结冰的小河畔,有时成群结队地钻进空心的柳树:常去喝些水,然后又很快地回到家里去。它们一点不拘束,毫无戒备之心,人们很容易靠近,但也很难捉到它,它身体小巧灵活,总能在我们眼皮底下逃走,从敌人的爪下逃生。

春天,鹪鹩栖息在树林里,它在靠近地面的茂密树枝上,甚至就在草地上做窝。有时还能在躺倒的树干下或岩石边,或在小溪边上突出的地方,或在野外孤孤单单的小茅草屋顶之下,甚至在林中烧炭及伐木工的小屋上搭窝。鹪鹩搭窝时要收集许多苔藓,用来当外壳,里面铺上羽毛。它们的窝又圆又大,外表不起眼,像是一团丢在一边的苔藓,常能躲过毁窝者的寻找。鹪鹩的窝只是在旁边有一个非常小的出入口。通常一窝里有9—10个蛋,个很小,颜色灰白,大头的一边有片灰红色的斑点,鹪鹩一

---

① 每盎司(once)相当于28.35克。
② 贝隆(1517—1564):法国博物学家,著有《鸟类自然史》,对当时和后来的影响很深。

旦察觉它们的蛋被发现了,就会弃之而去。幼鸟在会飞之前就急忙离巢而去,可以看见它们在灌木丛中像老鼠那样奔跑。

蜂　鸟

所有动物中,体形最漂亮、色彩最绚丽的是蜂鸟。这件天然成就的饰物比任何艺术加工的金银珠宝都要精美。蜂鸟在鸟类中最小,正所谓"最完美汇集于最微小"[①]。它是自然界的精美杰作:集中了大自然赋予其他鸟类所有的天资,轻盈小巧、快速敏捷、姿态优雅、服饰华丽,全身的羽毛闪着绿宝石、红宝石、黄玉等色泽。总之,一切美妙集于一身。它一生都在天空中飞行,只是偶尔在草地上停一下,身上从来不会被地上的污泥浊水弄脏。它总是从一片花丛飞到另一片花丛,带着花香,太阳映着绚烂多彩的羽毛。它以花蜜为食,只住在鲜花常开的气候中。

全世界仅美洲大陆最热的地区里聚集着各种蜂鸟。它们数量相当多,集中在赤道两边的热带地区,有些蜂鸟在夏季也短暂地迁徙到温带,它们好似在跟随太阳迁移,用柔软的翅膀跟随永恒的春天飞翔。

这些小鸟光彩夺目,当地印第安人被它们火焰般色彩所打

---

① 原为拉丁文:"maxime miranda inminimis。"

动,称之为"太阳的光芒",西班牙人则称它们为"米粒鸟",因为它们的体重也就是二十几粒米重①。有人曾经见过一只蜂鸟连同它的窝仅有不到2克。蜂鸟中的较小者还没有牛虻和胡蜂个大。它的小嘴巴像一根细针,而舌头就是一根纤细的线。黑亮的小眼睛好像两个小亮点,翅膀上细细的羽毛好像透明的一般。小脚又短又细,勉强可见。蜂鸟很少用脚,只夜晚休息时才派上用场,而白天一直在不停地飞。它们飞起来很快,从不停顿,嗡嗡作响。有人把蜂鸟翅膀振动声比作纺车转动声。蜂鸟翅膀振动频率非常快,飞行自由,可侧飞、倒飞,甚至停滞在空中一动不动。它常原位不动地停留在一朵花前吸食花蜜,一会儿又像离弦的箭一样飞到另一朵花前。它访问每一朵花,把纤细如线的小舌探进花蕊中,用振动的翅膀触摸着,久久舍不得离开,直到一朵花让它心满意足,才再去寻找它更喜爱的花。这个花的情人以花为生命,从不让花凋谢。它只是吸取花蜜,舌头天生适应这一用途。蜂鸟的舌头由两个有凹槽的部分组成,形成一个管,顶端分两个叉,合起来像一个小喇叭管,以完成吸食功能。蜂鸟吸食花蜜时,像啄木鸟舌头一样,通过舌骨,把舌头迅速地伸到嘴巴外边,直探到花蕊深处。这种吸食方法很多作家都是如此描述。

任何鸟都比不上这种小鸟活跃,富有生气,它们的胆量和勇气超群。有人曾看见蜂鸟怒气冲冲地追赶比它大二十几倍的鸟,附着在它们身上,随它们飞行,用小嘴反复啄,直到消了气才作罢。有时蜂鸟自己之间也进行激烈的争斗。它们似乎天生没

---

① 一粒米重约0.05克。

有耐心。当靠近一朵花,发现它有些凋萎,便立刻恼火地将花瓣拔掉。它们只会发出一种叫声:"嘶哩嘶哩",经常不断地反复。清晨便能在树林中听到它们的叫声,一直持续到第一缕阳光出现,它们便飞走,消失在田间。

蜂鸟生性孤单,但在筑巢孵卵时总能看见它们成双成对地在一起。它们的巢和小巧的身体一样精致:主体用从花中采集的绒毛或花絮,这些材料又细又光滑,紧紧编织成巢,内有一层又厚又软的壁,很结实。雌鸟负责搭建,雄鸟则担负运送材料,蜂鸟筑巢时非常投入,一根一根地寻找、挑选材料,精心地为自己的后代编织舒适柔软的摇篮:它用颈部和尾巴将巢的边缘和里边磨光滑,还在巢的外边粘上许多块胶质小片,用这一保护层来抵御空中的不速之客,也使巢更为结实。整个巢搭在橘子树或柠檬树上的两片树叶中间或一根小树枝上,有时也搭在茅草屋下垂的干草上。蜂鸟巢只有约半个杏大小,半个杯盏深浅:里边有两个非常小的蛋,色白,最多只有豌豆大,由雌鸟和雄鸟轮流孵化12天,幼鸟在第13天出壳时,最多和一只苍蝇差不多大。杜泰尔特[①]说:"我从未能发现蜂鸟用什么喂养幼鸟,也许它把沾满花蜜的舌头让幼鸟舔食。"

显然饲养这些小家伙几乎不可能,有人曾试图用果露喂养,结果几个星期便大失所望。这些食物,尽管清淡,但与蜂鸟自由自在采集的精美花蜜仍有较大的不同,用蜂蜜来喂养也许成功的可能性更大一些。

---

① 杜泰尔特(1610—1687):早期是水手,后从军,曾在安的列斯群岛驻扎16年,著有《法国人居住的安的列斯群岛通史》。——作者注

捕捉它们的方法是用沙子或吹管①吹射小石子击打。蜂鸟很少戒备心，人们可以靠近到离它5—6步远的地方。我们也可以拿一根带胶的细棒，躲在花丛中抓它，当它在花前飞的时候，能很容易地捕捉到它。蜂鸟被捉后很快就会死去，印第安人青年女子便用它来装扮自己，她们用两只蜂鸟当作耳坠。秘鲁人用蜂鸟毛做羽毛画，手艺高超，一些老朋友谈起这些美丽的羽毛画便赞不绝口。有人曾亲眼见过这种画，十分称道其精美与艳丽。

蜂鸟有许多种类，均得到大自然的照顾与青睐。普通蜂鸟的近亲——紫耳蜂鸟也和前者产于同样的气候中，是同一类鸟。它们一样光彩夺目，一样小巧轻盈，也一样以花为生，全身羽毛同样色彩斑斓，柔软光亮。对普通蜂鸟的一切赞誉之词都适用于紫耳蜂鸟，比如：它们美丽、活泼、飞行快捷、嗡嗡作响，采集花蜜从不知疲倦，以及筑巢和生活方式等等，两种可爱的小鸟有同一样的性格。由于它们几乎一模一样，所以经常容易把它们搞混，认为是一种鸟，加勒比方言称其为Colibri，巴西话则统统叫它们Guainumbi。实际上两种蜂鸟之间的差别较明显，主要是喙不一样。紫耳蜂鸟的喙均匀而且细长，喙顶端稍微有些凸起，喙的整体是弯曲的，而且相对较长，不像蜂鸟那样完全笔直。此外，紫耳蜂鸟苗条轻巧的身材似乎比蜂鸟长一些，一般说，前者体形稍大些，但有些小型紫耳蜂鸟比巨蜂鸟小得多。

---

① 印第安人常用的捕鸟工具，用来吹射小泥丸打目标。

翠 鸟

  在我们这个气候区内,翠鸟属于最漂亮的鸟之一。欧洲没有任何鸟比得上它那亮丽斑斓的色彩,像彩虹一样色调细腻,像珐琅一般光耀闪亮,带着丝绸般的光泽。翠鸟背部中间和尾巴上边是明亮的蓝色,在阳光下像蓝宝石在闪光,反射出土耳其绿松石一般的光泽;翅膀上绿色的羽毛与蓝色相间,大部分羽毛饰有海蓝色;头和颈部上边的羽毛是蔚蓝色的,点缀着些许浅蓝色的斑点;胸前红色羽毛微微泛黄,好似一团炽烈的火焰。

  翠鸟的美丽似乎得益于阳光,在原产地气候区内,最纯洁的阳光带来十分丰富的色彩。确实,尽管不能确定我们这里的翠鸟原产于东南部,但从整体来讲,它们的原属地气候区应是东方和南方。因为欧洲只有一种,而非洲和亚洲有二十几种,美洲的热带我们至少已知有八种。

  这些鸟虽原产于较热的地区,但已适应我们这里寒冷的气候,即便冬季也可以见到它们。在冬季觅食的时候,翠鸟等候在小河边上,看到鱼游过来,就立刻跳进冰水中,捉到猎物后又上岸,因而在德国被称为"冰鸟"。贝隆曾错误地认为翠鸟只是候鸟,从我们这里经过,而实际上冰冻时期它们也住在这里。

翠鸟飞行快速笔直,沿河流的上方掠过水面,飞行时发出咯咯的尖厉叫声,响彻河岸,透人肺腑。春天的鸣叫却是另一种声调,尽管流水淙淙,瀑布哗哗,响声不小,但它的叫声还是能听得到。翠鸟野性十足,飞行甚远,常在探出到水面上的树枝头上等候着"钓鱼";它在那里一动不动,守候观察长达几个小时,一旦发现有小鱼经过,便立刻扑到河里,钻到水中捕获猎物,在水里待上几秒钟,把鱼叼在嘴里浮出水面,上岸后把鱼杀死吃掉。

如果水面上没有前伸的树枝,翠鸟就守在河岸边的石头上,甚至在沙砾上等候。一旦发现有鱼经过时,便立刻从十二三法尺①的高处扑下去直插水中。翠鸟还常常在快速飞行的时候突然停顿下来,在同一地方一动不动坚持几秒钟,冬季时它常常如此动作。由于河流的水变混浊了,水面结了厚厚的冰层,翠鸟不得不离开河流而来到小溪边:每当歇息时,往往待在15—20法尺高的地方,像在空中一样,当它换地方时便降低高度,只在水面上不到1法尺高的地方飞,然后又重新飞到高处休息。这些重复的动作表明:翠鸟不断下到低处去捕捉很小的目标,如小鱼或者昆虫,但它经常白费力气,因为它以这种方式要跑上很远的路。

翠鸟居住在河边或小溪边的沙洲,它并不筑巢,主要利用水獭或鳌虾打的洞,将其加深,并把洞口加工缩小:在洞里的沙土地上可以找到鱼刺或鱼鳞,并没有窝的形状,也可以见到它产的蛋。

---

① 1法尺相当于0.325米。

鹦 鹉

就飞禽走兽与人类之间的关系而言,鹦鹉是通过学习语言与人建立联系,而猴子则是通过模仿人类的动作,前者与人建立的联系更密切和亲近。狗、马或大象与人之间的关系十分有意义,那是因为感情和用途的因素所致,而鹦鹉与人的关系有时更为亲密,因为它们能给人带来乐趣与消遣。鹦鹉能使人欢乐,排遣人的忧愁:孤单时,它充当伴侣,对话中,它是对话者,能说会道,人有来言它有去语,时而发出欢笑,时而感情外露,时而语气凝重,偶尔冒出几句驴唇不对马嘴的俏皮话,令人忍俊不禁,有时则语言准确无误,令人惊异。这些没有思想的语言游戏虽然有些滑稽和奇怪,但总是令人开怀,比那些空洞无物而又索然无味的演说强得多。在模仿我们的语言时,鹦鹉好像能从人的倾向和习惯中得到某些启示:它爱憎分明,感情丰富,调皮任性,却也不乏嫉妒之心,好恶之别;它喜欢自我欣赏,洋洋自得,也自我鼓励,会自找乐趣,也会自寻忧愁;抚爱会让它受宠若惊,温顺听话,还人以亲吻。若是谁家办丧事,它会模仿哭泣时的颤抖,常悼念令人怀念的名字,唤醒人们内心深藏的情感和喜怒哀乐。

绿 啄 木 鸟

所有或多或少以捕食为生的鸟中,啄木鸟一生最勤劳、最辛苦;它始终在工作,甚至可以说一辈子苦干,其他鸟类的生活还另有内容,如跑、飞、设陷阱、袭击猎物等;它们勇敢、灵巧,因而活动自由。而啄木鸟若想捉到猎物,就必须通过苦役,啄透坚硬的树干,剥开密实的树皮。它一刻不停地干,没有休息,也没有娱乐;甚至夜里睡觉时的姿势也同白天工作时一样。它从不与其他空中居民分享自由的玩耍,不参与百鸟音乐会,只是自己发出孤僻的叫声,划破林中的宁静,音调哀怨,好像在诉说它的艰辛与劳苦。它动作生硬,忙碌不安,体貌粗糙,性情孤野,从不合群,甚至很少与同类在一起。

啄木鸟粗俗平庸,一生处于贫苦忧郁之中,就连它身体各部位的器官也是天生为此命运安排的,或者说,命运决定了它的身体器官。它的爪子有四个厚厚的脚趾,青筋暴露,两个在前,两个在后,其中距最长,而且也最强壮;趾甲又弯又长;脚很短但肌肉发达。啄木鸟靠这样两只脚便能紧紧地抓住树干,围着树干做各个方向的动作。它的喙笔直锋利,底部呈方形,像个楔子,嘴上有道凹槽,扁平,垂直的尖头像把剪子;正是靠着这把工具,它得以剥开树皮,深深地划破树干,在那里寻找昆虫的卵,又尖又硬的喙后边连接着又厚又结实的颅骨,短粗的颈部肌肉发达,这样啄木鸟便可以不停地敲啄树干,直至啄开一个树洞,钻到树心中去:它的长舌呈圆锥形,有些像蚯蚓,端头有又尖又硬的骨质,它伸出舌头,就像用一把锥子从啄开的树洞探进去,刺穿树虫,享受它惟一的美食。啄木鸟的尾巴由十根翎羽组成,微微向内卷曲,末端齐刷刷的,上边长有硬毛。啄木鸟倚靠在尾巴上采取各种姿势捉虫,为便于工作,它时常保持头朝下的姿势。啄木鸟在自己加工过的树洞内做窝,后代便从这树洞里出来,尽管翅膀长出了羽毛,但也只在窝周围活动,长大后再回来生儿育女,永远不离此地。

　　森林中,绿啄木鸟是同类中最著名的,每逢春天来到这里,树林里到处回响着它尖厉刺耳的叫声,尤其是在飞行时,它一冲动就叫,从很远便可以听到其叫声。它在向下俯冲或升空飞行时,会在天上划出一道弯曲的弧线,这不影响它在空中停留较长时间:尽管它飞得不高,但飞行距离不短:从一片树林飞到另一片,有时要飞越相当开阔的田野。在交配期,除了通常的叫声外,它还会发出啾啾的声音,类似笑声,喧闹而持续,可不断重复三四十声。

　　绿啄木鸟在地上的时间比其他同类长,尤其在蚁穴附近很容易找到,甚至张网捕获它。它守候在蚂蚁到来的地方,在大队蚂蚁必经之路上伸开长长的舌头,当感觉到这些昆虫布满了舌面,便卷起舌头把它们吞到腹中。如果天冷时看到外出活动的蚂蚁不多,大部分仍在穴中,它就会用脚和喙掘开蚁穴,进到里面尽情捕捉蚂蚁,吞食蚁蛹。

其他的时间里,绿啄木鸟一般攀在树干上,用喙不停地啄,工作非常起劲,经常把干枯的树皮全剥下来。它啄木的笃笃声从很远的地方便可以听到,甚至能数清楚它啄木头的次数。它懒得做其他事情,所以很容易靠近它,而它要到围着树干转过来,正好面对着猎人时方知躲避。据说绿啄木鸟在啄了几下树干后便转到另一面,为的是检查一下树干是否被啄透,但实际上它是去把震醒的昆虫赶到另一面,它过去捉虫;再有一点是更可以肯定的,它通过敲啄树干的声音可以判断哪些地方空洞,里面会有蛀虫,或哪里是树洞,它可以在里面筑巢。

绿啄木鸟把巢筑在虫蛀的树洞中,大约离地面十几尺高,多是材质较软的树木如山杨或山毛榉,较少选择橡树一类的硬木。雄鸟和雌鸟轮流不停地连啄带钻,直至在树上找到虫蛀的中心点后便挖空扩大,用脚把洞中的碎木屑及木渣清除出去,有时洞既斜又深,连光线也透不进去,亲鸟就在黑暗中喂养幼鸟。绿啄木鸟每次产蛋约5枚,淡绿色,带些黑斑点。幼鸟很小时就开始攀缘树干,然后才学会飞行。雄鸟和雌鸟很少分离,它们比其他鸟都睡得早,一直要在洞内待到天亮。

鹳

鹳同所有翅膀幅大而尾巴短的鸟儿一样,飞行有力而持久。鹳飞行时,头僵直地朝前探去,双腿朝后伸直,仿佛当舵使用;它飞得极高,即使在暴风雨的季节,也能长途飞行。大约5月8日至10日,可以见到鹳飞至德国,此前则在我们法国各地。格斯纳①说,鹳在4月份到瑞士,有时还要早,在燕子到来之前,而到达阿尔萨斯是在3月份,甚至在2月末。鹳飞到什么地方,都是个好兆头,它们的出现就是报春;它们总是回到原地,如果旧巢被毁了,它们就用树枝和沼泽地的草茎重新建造,用大量树枝草茎堆起来,往往建在高高的顶端,如钟楼的雉堞上,有时也建在水边的大树上,或者陡峭的岩石顶尖上。法国在贝隆②那个时代,人们在房顶置放车轮,以便引这种鸟儿去做巢;在德国和阿尔萨斯,如今还保留这种习惯,而在荷兰,人们为此则在建筑物

---

① 孔拉德·格斯纳(1516—1565):瑞士医生,植物学家,现代动物学、目录学的奠基人之一。
② 彼埃尔·贝隆(1517—1564):法国博物学家,开创现代胚胎学和比较解剖学。著有《稀有海洋鱼类自然史》(1551)、《鸟类自然史》(1555)。

顶上置放方木箱子。

鹳歇息的时候,单腿独立,脖颈蜷曲,头缩向后面,偎在肩上。鹳眼睛非常敏锐,窥视爬行动物的活动:青蛙、蜥蜴、游蛇和小鱼,都是鹳的猎物。鹳一般到沼泽、水边或潮湿的山谷捕食。

鹳行走同鹤一样,步子很大,也很有节奏。鹳恼怒或不安的时候,就反复呃喙,发出咯咯的响声;我们据此造出两个象声词"噼噼啪啪"和"咯噜特拉",而古罗马人彼特罗尼乌斯表达得好,把这称为"响板"之声。

鹳性情相当温和,既不野,也不怕人,很容易放弃野生,待在我们的园子里,清除园中的虫子和爬行动物。鹳仿佛有清洁的意识,总找偏僻的地方去排便。鹳几乎总是一副忧伤的、无精打采的样子。然而,它若是受到榜样的吸引,也会有某种欢快的表现,因为,它爱同儿童玩耍,同他们一起蹦跳嬉戏。驯化的鹳寿命很长,也能忍受我们这里的严冬。

这种鸟儿总是一副可敬的形象,由人赋予不少品德:温良、夫妻忠诚、儿女孝道、兄弟友爱。的确,鹳长时间喂养子女,不看到子女长大,有能力自卫和捕食了,就绝不会离开;当小鹳离开巢,在空中试飞的时候,母鹳用翅膀载着它们,而且遇到危险就保护它们,有人就见到,母鹳救不了小鹳时,宁肯同它们一起死,也不愿抛弃它们。人们同样看到,鹳对所住的地点和接待它的主人,总有依恋乃至感激的表示:有人肯定听见鹳经过门前时呃喙,仿佛要提醒一声回来了,出去时也有同样辞别的表示。不过,这些品质还不算什么,更值得一提的是,这种鸟儿对太弱或太老的父母,表现出特别关爱和照顾。有人经常看见,年轻健壮的鹳送食物给趴在巢边、显得疲惫衰弱的鹳,也许这是偶然现象,也许像古人所说,鹳真有令人感动的安慰老年的本能,大自然将人心往往缺乏的这种孝道,置于野禽的心中,就是要给我们树立起一个榜样。希腊人以鹳为榜样立法赡养父母,也是以鹳命名的。阿里斯托芬①以此题材写了一部针对人的讽刺剧。埃利安②肯定说,鹳的这种品德,是埃及人尊重并崇拜鹳的首要原因;而今天,民众确信鹳在哪家安巢,就能给哪家带来幸福的传习,大概就是古代人这种见识的余波。

---

① 阿里斯托芬:希腊最伟大的喜剧作家,公元前5世纪生活在雅典。
② 埃利安:希腊编纂家,生活在公元3世纪,著有《动物史》。

鹤

　　鹤旅行时飞得很高,排成队列,即排成近乎等腰的三角形,以便减少空气的阻力。当风力加大,有吹散它们的危险时,它们就挤在一起,遇到鹰攻击的时候,它们也是如此。它们往往在夜间飞越上空,不过,它们还未飞越,响亮的鸣声先已传来。在夜间飞行中,头鹤不时发出吆喝声,通报应走的路线,整个鹤群都随声附和,每只鹤应声表示跟随并保持队形。

　　鹤群飞行虽然有各种变化,但总能持续很久。据观察,鹤群不同的飞行,则预示天气和温度的变化。这种鸟儿飞得高,自然比我们更能发现或感到远处气象的运动和变化。鹤群白天鸣叫标示有雨,如果嘈杂地惊叫,则预示暴风雨;如果早晚望见鹤结队安然地飞行,那便是天气晴和的一种征象;反之,鹤群如若预感到暴风雨,就会降低飞行,落到地上。鹤如同猛禽之外的所有大鸟,起飞比较费劲,必须跑几步,张开翅膀,先飞起来一点儿,然后才展翅飞翔,快速而有力地鼓动双翼。

　　鹤在地上停歇,要聚在一起,夜晚设岗哨:这种鸟儿的谨慎,作为警惕的象征,已经体现在象形文字里。鹤群睡觉时,头插进

植物园里的实验室(1794年)

布封雕像

翅膀里,但是头鹤却在警戒,头高高仰起来,如果情况特异,它就叫一声报警。普林尼说,鹤是为了迁徙,才选择头领的。但是不可把那想象成接受或赋予的一种权力,如同人类社会一样,而应当看到,这些鸟儿有社会的智力,能聚集成群,跟随呼唤它们、在前边带路的那只鹤,以便出发、旅行和回返,而且秩序井然,完全出于令人赞叹的本能:因此,亚里士多德将鹤置于结群的鸟儿之首。

入秋天气乍凉,鹤便明白到了迁徙的季节,于是出发,到另一片天空下生活。多瑙河流域和德国境内的鹤,都飞往意大利。在我们法国各省,九、十月间能见到鹤,如果暮秋气候温和,能延至11月份。不过,大部分鹤群都是匆匆飞过法国,并不停歇。再到来年一开春,三、四月间,鹤又从南方返回北方。

鹭

　　鹭给我们的是一副生活痛苦、惶恐不安和贫穷的形象。它们全部的谋生手段,就是埋伏在那里,一连几小时,甚至一连几天,待在原地一动不动,真让人怀疑那是个活物。如果用望远镜观察(因为鹭难得让人靠近),只见鹭立在一块石头上,仿佛睡着了:单腿独立,身子几乎挺直,脖颈蜷曲在胸脯和腹部上,头和喙卧在耸起的肩膀之间,而胸部显得特别突出。鹭若是换姿势,开始移动,那也是要采取一种更加不自然的姿势:它走进没到膝部的水中,头插在双腿之间,以便窥伺游过来的一只青蛙、一条小鱼。然而,它只限于等待猎物主动送到它嘴边,也只有一闪即逝的捕捉的时机,这就难免长时间忍饥挨饿,有时因缺乏食物而饿死;因为,当水面结冰的时候,它没有迁往气候温和的地方生活的本能。有些博物学家将鹭纳入春季回到冬季离开的地方的候鸟之列,这是不恰当的。实际上,我们看到鹭一年四季都生活在这里,甚至在最严寒、最漫长的日子也是如此;不过,它们被迫离开结冰的沼泽与江河,移到溪流和温暖的泉水旁边,正是在这段时间,它们最爱动,蹚过宽宽的水流,换地点守候,但是总待在同一个地区。

鹭似乎在天气变冷时开始繁殖,它们似乎既能忍受饥饿,又能忍受寒冷,仅仅依赖耐性和节制来坚挺。不过,这种冷漠的品质往往伴随厌世的思想。一只鹭让人逮住,关起来,可以半个月不寻找也不吃食物,它甚至吐出人硬往它嘴里塞的食物:毫无疑问,它天生的忧郁又因囚禁而加剧,战胜了维持生命的本能,而这种本能,是大自然置入活物心中的头一个感觉,可是冷漠的鹭仿佛耗尽生命也不颓丧,它死去也不发怨声,没有遗憾的表示。

除了孵卵期间之外,鹭总是忧伤而孤独,生活仿佛毫无乐趣,也无法避免受苦受罪。在天气最恶劣的时候,鹭孤零零的,暴露风雨之中,站在溪边的一根木桩上,或者站在水淹了的牧场中间一个土丘的石头上;然而,其他鸟儿大都躲进树丛中,即使在同一地方,秧鸡则钻进茂密的草丛里,麻鳽钻进芦苇中,但是鹭这个笨蛋,就待在露天,任凭风雨和最寒冷的雾凇蹂躏。

这种鸟儿白生了一副长腿,无助于奔跑:大部分时间只用来站立着休息,而且是绝对休息,相当于睡眠,夜晚则飞一阵子;无论什么季节,什么时刻,都可以听见鹭在空中的鸣叫,那声音单一、短促而尖厉,如果不是那么短促,不是带点哀鸣,就很像雁的叫声,鹭的鸣叫不时重复一声,在它感到痛苦的时候,鸣声就拖长,音调更为尖厉,非常刺耳。

山 鹬

在所有候鸟中,山鹬也许是猎人最爱打的野味,一方面是它的肉十分鲜美,另一方面是这种鸟儿傻乎乎的,很容易猎取。约十月中旬上霜的时候,山鹬飞到我们的树林,正逢打猎的好季节,前来增加好猎物的数量。整个夏季,山鹬住在高山上,下头一场霜雪,它们就决定下山,来到我们这里。即十月初,就从度夏的比利牛斯山脉和阿尔卑斯山脉的峰顶下来,到低一些的山峦树林里,最后来到我们的平原。

山鹬一般夜间飞来,有时天空阴沉,白天也会飞到,但总是单飞或双飞,从不聚集成群。它们落到高高的树篱中、灌木丛或乔木林里,尤其喜欢有厚厚的松土和落叶的树林,整个白天就躲在松土和落叶中,藏得十分隐蔽,要用猎犬才能把它们惊起来,它们常常从猎人的脚下飞走。

夜幕一降临,山鹬就离开躲藏的地点和密林,沿着幽径纷纷来到林间空地,寻找松土地段、有猎物的潮湿林岸,去小沼泽洗喙,洗掉寻找食物时沾了满腿的泥土。它们走路的姿势完全一样,一般人都说,山鹬是没有个性的鸟儿,它们每只的习惯全取决整个种类的习惯。

　　山鹬起飞时，翅膀拍得啪啪响，在乔木林中差不多能直线飞行，但是在灌木林中，就不得不经常急拐弯，为了躲避猎人的目光，飞到杂树丛后面往往扎下去。山鹬尽管飞得很快，但是飞不高，也不能持久，时常陡然降落，整个身子就好像失去控制而跌落一样。山鹬坠落不大工夫，就飞快地奔跑，随即又站住，抬头四面观望，确保安全之后，才把喙插进土里。在奔跑的速度方面，普林尼将山鹬比作山鹑，是有道理的。因为，山鹬也从同样方式逃逸，猎人还以为能在它坠落的地方找到，殊不知它已经跑掉，远遁了。

凤头麦鸡和鸻[*]

凤头麦鸡起飞时叫一两声,即使在黑夜飞行中,也不时鸣叫。它的翅膀十分有力,经常飞行,飞得很高,又能连续飞很久。凤头麦鸡落到地上,便疾走跳跃,以连续跳飞的方式跑遍整个地段。

这种鸟儿非常快活,总是动来动去,爱嬉戏,在空中能飞出千百种花样儿来,无论摆出什么姿势,都能坚持片刻,甚至腹部朝上,或者侧着身,翅膀上下呈垂直状,翻飞跳跃,再也没有更敏捷的鸟儿了。

到了月初,甚至2月底,完全开冻了,南风便将成群的凤头麦鸡送到我们的牧场上,只见它们冲进绿色的麦田,早晨低洼草地密麻麻落满一片,它们以特殊的技巧弄出土里的蚯蚓。凤头麦鸡碰见蚯蚓吐出来的一堆或一串小土球,便轻轻扒开,露出小洞,再用足踏旁边的地面,然后一动不动地注视:这样轻微的震动,就足以使蚯蚓钻出来,刚露头就让鸟喙一下子鸹住了。到了

---

* 鸻:读音 héng,属涉禽类,形体较小,嘴短而直,前端略膨大,翅膀羽毛长,多群居。

晚上，这些鸟儿还有别的花招儿：它们在草地上奔跑，足下能感觉到出来纳凉的虫子，捉住饱餐一顿，再去小水塘或小溪里洗净喙和双足。

鸻在秋雨绵绵的日子，大群大群出现在法国各省，因其随雨季到来，也就称为"雨鸟儿"。它们像凤头麦鸡那样，爱去潮湿的土地和淤泥地，觅食蚯蚓和昆虫。鸻很少有在同一地点停留二十四小时以上的情况。由于数量太多，它们每到一个地方觅食，很快就捉尽供餐的活物，因而不得不到另一个地方去；下头一场雪，它们就不得不离开我国各地，飞往气候温暖的地区去。

鸻落到地上的时候，不会老老实实地待着，总是忙忙碌碌地觅食，总是在活动。在大批鸻用餐的时候，有好几只放哨，稍有危险的情况，它们就尖叫一声，发出逃走的信号。它们顺风飞行，飞行的队列相当奇特：它们列成横排，齐头并进，在空中形成非常密集、非常宽的横断面队列。有时，则有好几个平行的横断面队列，横列极宽，而纵列却相当短。

土 秧 鸡

在潮湿的牧场，草一长高，一直到收割的这段时间，草长得最密的地方常发出一种沙哑的声音；更准确地说，是一种短促、尖厉而枯燥的叫声："克赖克，克赖克，克赖克。"就好像手指用力划一把大梳子的齿儿发出的声响。人若是闻声走过去，那声音就离开了，又从五十步开外的地方传来：那是土秧鸡的叫声，人们往往以为是一只爬行动物的鸣叫。这种鸟儿极少有飞起来逃走的情况，几乎总是飞速行走，穿过最茂密的草丛，留下明显的踪迹。大约5月10日至12日，就开始听到土秧鸡的叫声，同时也能听到鹌鹑的鸣叫，土秧鸡和鹌鹑似乎总相伴随，同时到达又同时离开。

一条猎犬如果遇见一只土秧鸡，从它那敏捷的追寻、频频停顿的示意上就能看出来；同样，这只鸟儿也很倔强，有时让猎犬靠得极近，眼看被逮住：它往往在逃跑中猛然站住，蜷缩成一团，结果猎犬收势不住，从上面直冲过去，丢掉了猎物的踪迹。据说，土秧鸡利用敌手的这一时错误，又沿原路返回，骗过猎犬。只有到最危急的关头，土秧鸡才起飞，飞高了逃逸；不过，它飞得相当沉重，从来也飞不远，一般能看到它又落下来，可是去寻找它肯定徒劳无获，等猎人赶到，猎物已经跑出一百多步远了。可见，土秧鸡善于用飞快的步伐弥补飞行缓慢；因此，它利用双足要比利用双翼的时候多，而且，它总以蒿草作掩护，在牧场和田地里奔跑，小段路变幻不定，往返交错，毫无规律。

然而，到了长途迁徙的时候，土秧鸡也像鹌鹑那样，能产生不可思议的力量，飞越很长的距离：它往往夜间起飞，借风力飞到我国南方省份，从那里又试图飞越地中海。毫无疑问，在第一次横跨中，有不少葬身大海，回返时第二次跨越也有毙命的：人们注意到，它们的数量比出发时减少了。

鹈　鹕

　　鹈鹕引起博物学家更大的注意和兴趣，只因这种水禽个头儿高，喙下有一个大食囊，还因为这名称在传说中声望很高，在无知人民的宗教象征中神圣化了。人们把鹈鹕描绘成撕开自己的胸膛，用鲜血喂养挨饿的全家的慈父形象。其实，这原是埃及人叙述秃鹫的寓言，用在鹈鹕身上并不合适：鹈鹕生活很富足，还比其他捕鱼鸟多长了一个大口袋，能把大量捕捉的食物储存在里面。

　　从个头儿来看，鹈鹕等于，甚至大于天鹅。如果信天翁身子不那么宽，火烈鸟双腿不那么长的话，鹈鹕该是水禽中最大的鸟儿。可是，鹈鹕则相反，双腿很短，而翅膀展开，幅宽却有十一二尺，在空中非常自如，能停留很久，特别轻盈地飘浮，不动则已，一动便垂直扎下来，要捕的鱼是跑不掉的，因为冲击的力量很猛，大翅膀又拍击和覆盖水面，把水搅动起来，鱼也就发蒙，难以逃脱了。鹈鹕单打独斗的时候，就是以这种方式捕鱼。它们若是成群结队，还善于变换手段，协同行动：只见它们排列起来，围成一大圈，一起游动，逐渐收紧圈子，困在里边的鱼就成为它们从容分享的猎物了。

这种鸟捕鱼,总选择鱼儿最活跃的清晨和傍晚时分,选择鱼群最密的地点。鹈鹕捕猎的景象煞是好看:只见它们掠过水面,鸹几下就飞起来,接着,脖颈挺直,带着半满的食囊又扎下去,继而又奋力飞起来,再次扎下去,这种动作一直持续到大食囊完全装满为止。然后,它们飞到岩石尖端上,从容地吃食和消化,停在那里打盹,一直休息到晚上。

这种大鸟儿似乎可以驯化,别看身体笨重,天性甚至还颇快活;它们一点也不怕生,习惯同人在一起。贝隆在罗得岛就见过一只鹈鹕在城中随便散步;还有库尔曼讲述的那个著名的故事:一只鹈鹕跟随马克西米·连皇帝,飞在行进的军队的上空,有时飞得极高,尽管展翅的翼幅有 15 尺宽,望上去却像一只燕子了。

这种鸟儿体重有二十四五斤,竟有这样强大的飞行力量,实在令人惊讶。但是这不难理解:鹈鹕的身体能填充大量空气,而这空气能产生奇妙的辅助作用;此外骨骼极轻,只有一斤半重,骨头细得透明,因此阿尔德罗万迪[①]说鹈鹕没有骨髓。鹈鹕寿命很长,无疑多亏了很晚才硬化的这样牢固的骨质。

[①] 阿尔德罗万迪(1522—1607):意大利博洛尼亚学者,曾游历全欧洲,创作了 13 卷本的《自然史》。

军舰鸟

最卓越的风帆,最快的战舰,三桅战舰,将其名字赋予了飞得最快、最经常在海上的这种鸟。的确,在所有带翼的航行者中,军舰鸟飞行最出色、最强劲有力,区域也最辽阔。这种鸟儿展开大得出奇的翅膀,没有明显的动作,就飘浮在空中,仿佛在静谧的天空悠然自得地游泳,等时机一到,便像利箭一般飞速冲向猎物。如果来了暴风雨,像风一样轻的军舰鸟,就冲上九霄云外,冲到暴风雨之上寻求安宁。军舰鸟无处不游,飞得又高,游得又广,在浩瀚的海洋上飞行数百法里[①],而且这么远的行程要一气儿飞到,白天时间不够,黑夜里还继续赶路,直到有丰富食物的海域才停下。

在远海迁徙的鱼群,如飞鱼,为了逃避金枪鱼和剑鱼的追捕,往往飞出水面,但是难逃军舰鸟的捕捉。正是这种鱼群将军舰鸟引向远洋。迁徙的鱼群有时非常密集,在水中汇成一片游动的声响,海面也呈现白色;军舰鸟很远就能望见,于是从高空

[①] 1法里约合4公里。

俯冲下去,再折而平飞,贴海面而又不沾水,一路捕捉鱼,用喙叼起,或用爪子捉住,往往喙爪并用,这要看它是在水面上游动还是飞向空中。

只有在热带地区,或者热带靠南一点儿,才能在两片大陆之间的海洋上遇见军舰鸟。军舰鸟对热带鸟具有一种控制力,强迫不少种鸟,尤其是鲣鸟,来充当食物供应者,用翅膀拍击,或者用鹰钩喙叼,逼使鲣鸟将吞噬的鱼吐出来,在半空截获坠落的鱼。鉴于这种战争行为,海员给军舰鸟起了个绰号,叫作"战鸟"。而军舰鸟受之无愧,因为,有时它们竟敢攻击人。

军舰鸟这样胆大妄为,既仗恃武力和飞行速度,也是贪婪使然。它确实全副武装,适于作战:爪子非常锐利,喙端有尖利的钩,腿短而粗壮,浑身长了猛禽那样的羽毛,飞行速度极快,目光特别敏锐。所有这些属性,似乎使军舰鸟和鹰有某种联系,同样使军舰鸟成为海洋上空的暴君。不过,从形态来看,军舰鸟更适于水,虽然几乎从未见过这种鸟游泳,但是它们的四趾由半圆形蹼相连,因此,它们接近鸬鹚、鲣鸟、鹈鹕一类鸟,完全可以视为蹼足类。再者,军舰鸟的喙端又尖又有弯钩,非常适于捕猎,但是基本上又不同于陆地猛禽的喙,因为军舰鸟的喙很长,上面有点凹陷,弯钩在喙端,仿佛是分开的,就像鲣鸟的喙钩那样,接缝儿和缺乏明显的鼻孔,这两点都相像。

军舰鸟的身子比鸡身子大不了多少,可是展开的翅膀却有8尺、10尺甚至14尺宽。它们正是依赖这样巨大的翅膀进行远程飞行的,飞到海洋中间;它们在海天之间,往往是航行者无聊的目光惟一见到的东西。然而,翅膀太长也很碍事,这种战鸟又跟胆怯的鸟差不多,落下来之后,也像鲣鸟那样,再起飞很费劲，往往还未等起飞，就被人打死了。军舰鸟必须站在突兀的岩石上，或者大树冠顶，才好起飞，而且起飞时全靠自身的力量。

天　鹅

　　无论动物界还是人类社会,从前暴力产生暴君,如今则仁德造出贤主。地上的狮、虎,空中的鹰、鹫,均以善战来称霸,以逞凶施暴来统御。但是天鹅则不然,它在水上为王,完全依靠高尚、庄严和文雅等足以缔造太平世界的美德。天鹅有威势,有力量,也有勇气,又有不滥施威和只为自卫为武的意志。它从不主动攻击,但又善战而决胜,身为水禽的和平之王,却敢于同空中的暴君抗争。它不挑衅,也不畏惧,只等待鹰来进袭。它那强劲的翅膀就是盾牌,从坚韧的翎羽、翅膀频频有力的扑击,来对抗鹰的武器,奋力击退鹰的进攻,经常是赢得胜利。况且,天鹅也只有这一个霸道的敌人,而其他善战的鸟儿无不尊敬它,整个大自然都与它和睦相处。它在种类繁多的水禽中,总是以朋友的身份,而不是以君主的面目出现,却能赢得所有水禽的臣服。天鹅仅仅是一个安定的共和国的首脑,第一公民,只求安宁和自由,向公众索取的和给予公众的一样多,而公众对这样一个主人,当然也就不惧怕了。

　　天鹅形貌秀雅,仪态姣美,恰好与温和的天性相匹配,谁见了谁觉得赏心悦目。天鹅所到之处,不但自成一景,还给周围增色添彩,人人都喜爱,人人都欢迎,人人都赞赏。哪种鸟儿都没有像它这样受之无愧;也难怪,大自然对任何鸟儿,也没有赐予这样的高雅和婉妙,令人联想到最美妙的造物。天鹅身形优美,体态丰盈,线条曼妙,白色晶莹纯洁,而动作又柔美又令人神往,时而活泼欢快,时而悠然自得。总而言之,天鹅浑身焕发着令人从优雅和妍美领受的快感和诱惑,天鹅浑身都向我们宣示,都体现它是爱情之鸟①。一切都证实这个充满才情和风趣的神话:这种可爱的鸟儿是天下第一美女的父亲。②

看着天鹅在水上游动那么悠然自得,那么潇洒逸如,就不能不承认它不仅是水禽里第一航行家,还是大自然向我们提供的航行术的最美模型。它那挺拔的脖颈、丰满圆润的胸脯,确实像劈波斩浪的船头;它那宽宽的腹部好似船底,如欲加速航行,身子便前倾,后身顺势抬高,像船艉一样翘起;它那尾羽是名副其实的舵,蹼掌则是宽叶桨,大翅膀半张开,借风微微鼓起,正是风帆,推动这只有生命的船,这只自我操纵的船。

天鹅因高贵而自豪,因美丽而自爱,它仿佛炫耀自己的全部优点,力图引人注目,引人一致赞赏,事实上也真能把人迷住:无论远望成群如带翼的舰队游弋在宽阔的水域,还是近看应声③独自离队的天鹅游到岸边展示美,以柔美曼妙的千姿百态邀人赞赏。

---

① 古罗马诗人贺拉斯(公元前64—公元前8)在诗中描述,爱和美的女神驾着天鹅拉的车。
② 希腊神话中的海上仙女勒达,在沐浴时将化为天鹅的宙斯搂在怀里,结果生下一儿一女,女儿便是有倾国倾城之貌的海伦。
③ "天鹅游弋姿态优美,想快时也游得很快,有人招呼便游过去。"——作者注

天鹅天生丽质，又天性自由：对它绝不能像对待奴隶那样强制或幽禁①。天鹅生活在我们的江河湖塘中，自由自在，享有充分的独立则留，略有被奴役和被囚禁之感则去。天鹅在水中随意游动，或者上岸，或者游到水中央，或者沿着岸边游弋，在岸下避荫，躲进灯心草丛中，钻进最僻静的河汊里，继而又离开孤寂之处，回到有人的地方，似乎乐于接近并与人为伍，只要它觉得我们是它的客人和朋友，而不是它的主人和专制暴君。

天鹅在各方面都高出家鹅一等：家鹅以青草和谷粒草籽为食，而天鹅则能找到更为精美的食物，它不断巧妙地捕捉鱼，变换各种姿势务求捕获，尽量发挥自己的技巧和巨大的力量。天鹅也善于躲避和抵抗敌人，一只老天鹅在水中绝不惧怕一条恶犬；它猛一扇动翅膀就能抽折人腿，可见扑击力多么迅猛。总而言之，天鹅既勇敢，又灵巧有力，似乎不惧怕任何暗袭明攻的敌人。

人工驯养的天鹅，叫声浑浊有余，响亮不足，类似哮喘之声，即民众所说的"猫念咒"。古人甚至造出一个象声词 drensant②，听那声调颇似威胁和愤怒。古人描绘的那么出名的天鹅和鸣，绝不是模拟我们豢养的这种天鹅的暗哑之声。然而野天鹅显然更多地保留了天然气质：有充分自由的感觉，也就有充分自由的声调。从野天鹅的鸣叫中，确切地说，从那嘹亮的声音中，能听出一种歌声，抑扬顿挫，宛如嘹亮的军号，不过音调尖厉而少变化，远远比不上那些鸣禽的美妙婉转、清脆悠扬的鸣唱。

---

① "关于院子里的天鹅终日忧郁；砾石硌伤它的蹼掌。它竭尽全力要逃离飞走；每次换毛时如不注意剪短翅膀，它就会真的扬长而去。"——作者注
② 拉丁文，意为"天鹅的鸣声"。

古人不仅把天鹅描绘成奇妙的歌手,还认为在一切能知死之将至的生灵中,惟独天鹅在弥留之际还能歌唱,以和谐之音预示它的最后一息。据古人说,天鹅在临终之时,是要凄婉而深情地告别生命,声调才那么美妙动人:那如泣如诉,低回哀怨,恰恰是为自己唱挽歌①。只有到黎明,风平浪静的时分,才能听见这种歌声。有人甚至见过天鹅唱着自己的挽歌,在歌声中咽气。自然史中哪个杜撰的故事,古代社会里哪个寓言,也没有这个传说备受人赞美,备受人传颂,也倍加令人相信。这个传说甚至控制了古希腊人敏锐丰富的想象力:无论诗人、辩士,还是哲人②,无不认同,觉得这个传说实在太喜人,谁也不愿意怀疑其真实性。应当原谅他们编造的寓言:这些寓言又可爱又感人,无愧于可悲的、枯燥的事实;对于敏感的心灵,这是美妙的象征。毫无疑问,天鹅并不歌唱自己的死亡;然而,每次谈到一位天才生命到尽头时的最后腾跃、最后冲刺,就总动情地提起这种动人的说法:"这是天鹅之歌!"

---

① "据毕达哥拉斯(公元前6世纪)之说,那是一支快乐之歌,天鹅用来庆贺自己转入更美的生活。"——作者注
② "柏拉图写道:苏格拉底相信此事,亚里士多德也相信,但他们也是根据普遍说法和外国的转述。"——作者注

鹅

在每个种类里,占首位的动物囊括了我们的所有赞誉,而给占第二位的只留下从比较中得出的鄙视。鹅之对于天鹅,驴之对于马,情况都一样:鹅和驴没有受到应有的评价,低一等似乎就是名副其实的堕落,不顾占第二位的动物实有的品质,只强调与占首位的、更加完美的典型相比较所显示的不利方面。我们暂时把过于高贵的天鹅放到一边,就会发现在家禽族类中,鹅还是非同一般的居民。

鹅身体肥胖,姿态挺拔,步履庄严,羽毛洁净而有光泽,而且天性合群,非常恋旧,能长时间记住认识的人,最后,它那警惕性自古就极受赞扬,这一切都向我们表明,鹅是家禽中最有用的一种,除了鲜美的肉质,以及任何别的禽类都比不上的丰富的脂肪,鹅还向我们提供特别适于眠衾的柔软的绒毛,还提供羽毛,我们思想的工具,也是我们在此写下赞鹅之词所用的笔。

饲养鹅花费不多,也无须精心照料。鹅容易适应家禽的共同生活,能忍受和其他家禽关在同一个饲养场里,尽管这种生活方式,尤其这种束缚不大符合它的天性。要饲养成群的鹅,让鹅

六十五岁的布封

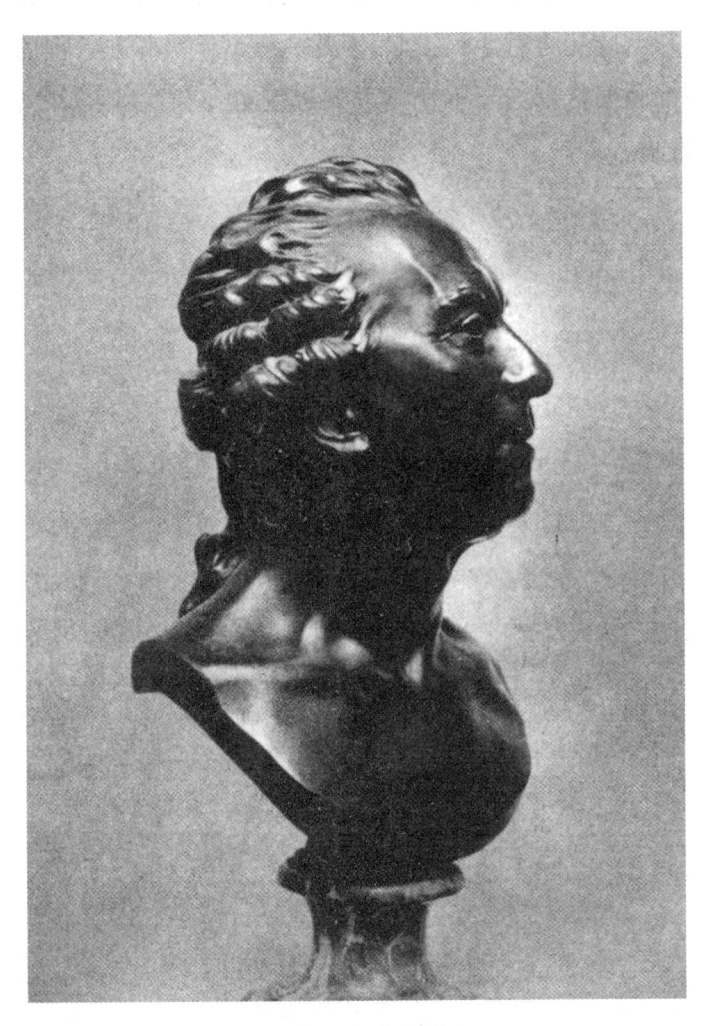

七十六岁的布封

充分生长,就必须让鹅住在离水不远的地方:岸边是宽敞的滩地,有大面积的草地和空场,能让鹅觅食和自由嬉戏。鹅粪能烧坏嫩草,鹅喙能将草连根拔起,因此一般不让鹅群进入牧场。同样道理,也要特别当心不让鹅群靠近麦苗;只有在收割之后,才放鹅群进入麦田。

野雁和野鸭

雁总是飞得很高[①],飞行沉稳平和,无声无息;翅膀拍击空气,在天空仿佛只移动一两寸。雁飞行井然有序,那种编队显示一种智力,高于成群在无序中迁徙的其他鸟类。雁群所遵循的排列,似乎由一种几何本能为它们划出来的。这种排列最适宜,也最有利:对每只雁来说,既能跟随和保持队形,同时眼前又开阔,飞行又自由,对整个雁队而言,既可减少空气阻力,也减少行程的疲劳;因为,雁队排列两条斜线,合成一个角,大致是个"人"字形;数量少的雁群,就只排成一列。不过,每个雁群一般由四五十只雁组成,每只雁准确无误地保持自己的位置。头雁位于"人"字的尖端,最先劈开空气,疲倦时就退到队尾休息,其他雁轮流打头。普林尼饶有兴味地描写这种整齐的、几乎是经过思考的飞行,他写道:"任何人都能观察到雁群,因为雁群是在大白天,而不是在夜晚经过。"

[①] 只有逢雾天,雁飞行才离地面较近,能够用枪射落。——作者注

大约 10 月 15 日，头一批野鸭在法国出现①，先是小股，也不多见，到了 11 月份，大批野鸭就随后而来。大批野鸭飞到北方地区，只见它们继续飞行，从一个池塘到另一个池塘，从一条溪流到另一条溪流。正是在这种时候，猎人大量猎杀，或者白天搜索，或者傍晚埋伏，或者使用各种圈套和大网。不过，这种鸟儿非常警觉，要猎取就必须特别精明，使用各种手段，以便偷袭，诱引或欺骗。野鸭要落到一个地方，得盘旋好几圈，仿佛先巡视侦察一番，看准了没有敌人，这才落下，但始终小心翼翼：它们越飞越低，斜着掠过水面，然后游向宽阔的水域，始终远离岸边；与此同时，有几只野鸭照看公共安全，一有危险情况就报警，因此，猎人往往捕空，还未走到射程之内，就眼巴巴望着野鸭飞走了。

打野鸭有利的时间是傍晚，野鸭群要"降落"在水边的时候，猎人守候在草棚，或者以别种方式躲藏起来，放置几只家养的母鸭做诱饵，他一听见翅膀的呼啸声就知道野鸭飞来，便抢时间打先到的一股；因为在晚秋，夜幕很快就降临，而野鸭差不多和夜幕同时降临，有利的时刻转眼就过去。如果要大规模捕猎，那就可以布网，而机关由隐蔽的猎人掌握，网铺在水面上，范围相当大，只要提起来一收拢，就能将被家鸭引诱来的野鸭群全都网住。在打野鸭的过程中，猎人必须入迷，才有这种耐性：躲在隐蔽所里一动不动，身子往往冻个半僵，患上感冒比打到猎物的可能性更大。不过，一般来说，兴趣总占上风，每次都重新燃起

---

① "至少在我国北方各省如此；野鸭在南方地区出现要晚些，例如在马耳他，11月份才能看见野鸭飞到。"——作者注

希望:猎人吹着手指,发誓不再回冰冷的隐蔽所,可是发誓的当天晚上,他又计划次日如何去打猎了。

野 生 动 物[*]

在家养动物身上,在人身上,我们看到的自然界只是受限制的自然界,极少得到改善,而往往是走样了,变质了,总是套着绊索,或挂满不自然的饰物;现在,自然将赤裸裸地出现,朴实无华,但更加动人,因为它的美质朴天然,它步履轻快,神情自由,兼有其他高贵、独立的品质。我们将看到自然君临大地,把她的领地分给动物,派给每种动物以栖息之所、气候、食物:我们将在森林、平原、河流、湖泊看到她发布简单却亘古不变的法令,赋予每种动物以难移的特性,公平分配才能,好坏相互补偿;给这些动物力量和勇气,同时伴随需要和贪食,让那些动物温柔、节制、身体轻盈,却又恐惧不安和胆怯;给所有动物自由和稳定的习性;给所有动物永远易于满足的欲望和爱情,随之而来的便是多子多孙的幸福。

爱情和自由,多美的恩惠!因其不服从我们,而被我们冠以野性之名的这些动物,要幸福还需要什么?它们还有平等,它们

---

[*]《自然史》第六卷,1756年。

既非同类的奴隶,亦非同类的暴君;和人一样,个体无须害怕它所有的同类,它们之间和平相处,战争仅仅来自异类或我们,是故它们有理由逃避人类,一见即躲,定居在远离我们居所的荒僻之地,用尽所有本能保证自己的安全,使用一切自由的办法,摆脱人的威力,自然赋予了它们独立的愿望,同时也向它们提供了自由的手段。

有一些最温和、最没危险、最安静的动物,只是走开,在我们的乡下度过一生;更多疑,更怕人的便钻进林中;有一些似乎知道地上面毫无安全可言,便挖地下住所,躲进洞穴或跑到人根本到不了的山顶上;而那些最凶猛,更确切地说,最凶残的,则只居住在沙漠里,在那炎热的气候下,以万乘之尊统治着,和它们同样野蛮的人,却不能在那里争夺它们的帝国。

一切都服从自然法则,就连最自由的生灵也受其制约,动物和人一样感受到天地的影响,因此,在我们的气候下,使人类变得温和、文明的那些原因在所有其他物种上产生了同样的效果:处于温带的狼也许是那里最凶猛的动物,但远不如热带地区的虎、豹、狮子、白熊、猞猁、鬣狗可怕凶残。这种差别普遍存在,仿佛自然为了在其产品中建立更多联系与和谐,给各种动物制造了气候,或给气候制造出了各种动物,不仅如此,在每种动物身上我们也看到了适应习性的气候和适应气候的习性。

在美洲,气候不那么炎热,风和土地比非洲温和,尽管同宗同系,虎、狮、豹却只有名字吓人而已;它们不再是林中的暴君,人类既凶残又无畏的敌人,嗜血贪肉的巨兽;他们通常见人就逃,对其他野生动物,不是正面攻击,甚至不是公开宣战,而往往只采用诡计策略力图出其不意逮住它们。它们和其他动物一样可以制服，甚至几乎可以驯化。倘若它们原来本性残暴凶猛，那它们就是退化了，或者不如说它们只是受到了气候的影响：在更温和的天空下，它们的脾气也温和了，身上极端的东西缓解了，经受了这些变化，它们只是更加适应它们居住的土地。

　　覆盖大地的植物与大地的联系比食草动物更为密切，它们的特性也更受到气候的左右：每个地区，每一温度都有其独特的植物；在阿尔卑斯山脚可见法国与意大利的植物，山顶则可见北方国家的植物，在非洲山脉的冰峰上也能见到这些北方植物。分隔莫卧儿帝国与克什米尔王国的山脉，我们在山南面可以看见印度的所有植物，而在山的另一面却惊讶地发现只有欧洲的植物。人们也是从极端的气候里得到毒品、香料、毒药和各种具有极端特点的植物；相反，温和的气候则只生产温和的东西，最柔和的草，最健康的蔬菜，最甘甜的水果，最安静的动物，最彬彬有礼的人，皆为宜人的气候所特有。因此大地造就了植物，而大地和植物造就了动物，大地、植物、动物造就了人，因为植物的特性直接源于大地和空气；食草动物的脾性和其他相关特性和它们吃的植物的特性关系密切；人和以其他动植物为食的动物的自然特性也取决于这些因素，只是这种联系没那么紧密，但这些因素的影响还是波及他们的本性和习性。温和的气候下一切都变温和，极端的气候下一切都走极端，还能更好地证明这一点的是大小和形状，这两个属性似乎是绝对、确定和一成不变的，然而，它们却和其他特点一样，取决于气候的影响。我们的四足动物的身体远不及象、犀牛、河马的身材；我们最大的鸟和鸵鸟、大兀鹰、鹤鸵比起来是小巫见大巫，我们气候下的鱼、蜥蜴、蛇又怎能与北方海洋中聚居的鲸鱼、抹香鲸、独角鲸及遍布南方水陆的鳄鱼、大蜥蜴、巨形游蛇相提并论呢？倘若再观察不同气候下的每种动物，会发现大小和形状上有明显的变化；它们全多多少少带上气候的印迹，这些变化只是缓慢地难以察觉地发生的；自然的伟大工匠是时间；时间总是迈着均匀、整齐划一的步伐前进，它做什么都不是跳跃式的；但是，它一点一点，循序渐进，连续不断，什么都做了；这些变化，开始不易察觉，渐渐明显起来，最终以人们决不会看错的结果显示出来。

不过，自由的野生动物或许是连人在内所有生灵中最不易发生各种变形、变化、变异的生物：由于它们完全自主选择食物和气候，既不自我限制，也没人限制它们，它们的天性便没有家养动物变化大，家养动物被人征服，转移，虐待，喂养但没人问过它们的口味，野生动物一直以同样方式生产；看不到它们四处流浪，从一种气候环境跑到另一种气候环境；出生的森林便是它们忠实依恋的故土，它们很少走远，只有感到生活在那里不再安全时才会离开，它们逃避的不是天敌，而是人的存在；自然赋予它们对付其他动物的手段和本领，它们与那些动物同属一类，知道对手的力量和狡计，判断它们的意图和方法，避不开时，起码可以肉搏自卫；一句话，这是它们的同类，而那些不看就能找到它们，不到身边就能杀掉它们的生灵，它们怎么应付得了呢？

因此是人让它们胆战心惊，把它们分隔拆散，使它们变得比本来野千百倍；须知大部分动物只求安静、和平、既适度又无害地使用空气与土壤；它们甚至在自然的作用下住在一起，组成家庭，形成类似社会的群体。在人还没有完全占领的地区还能见到这些社会的遗迹：甚至看到共同完成的工程，类似规划，这些工程设计虽未经深思熟虑，看上去却是建立在合理的契合基础上，实施这些设计意味着至少要有负责者的协调、团结与合作；河狸不像蚂蚁、蜜蜂之类，它们并非被迫或者由于身体需要而劳作建筑；因为它们不受空间、时间、数量的约束，它们聚集是出于选择，意气相投的便待在一起，不相投的便分开，有一些总是不受欢迎的只好离群独居。它们也只是在偏远荒僻的地方，不太担心会遇见人的地方，才尽量定居下来，让它们的住处更固定，更舒适，建起许多住宅，类似一个个小镇，很像一个新兴国家的初级工程和初步努力。相反在人类遍布的地方，恐怖似乎与它们为伴，动物中再没有什么群体，一切工程都停止了，一切技术都扼杀了，它们再不去想建造什么，也不管什么舒不舒适；整天为恐惧和需要所迫，它们求的只是生存，忙的只是逃跑和躲藏；如果人类随着时间的推移也继续增加，住满整个地表，可以设想再过几个世纪，人们会把我们河狸的历史看成一个奇闻。

因此可以说，动物的能力和才干绝不是在逐渐增加而是在逐渐减少，时间同样在和它们作对：人数越是增加，人类越是进步，动物越是感到一个既可怕又绝对的帝国的分量，这个帝国几乎没给它们留下个体存在的余地，夺去了它们自由的所有手段，群居的任何念头，甚至把它们的智力摧毁在萌芽中，它们已经成为和还要变成的样子也许不足以表明它们曾经是什么样，也不能说明它们可以是什么样。谁知道，倘若人类灭绝，在它们中间，统治地球的权杖将会属于谁？

食肉动物[*]

至此我们只谈了益畜,害畜却数量更多;虽然总的来说,有害似乎比有益的量大,但一切都很好,因为在自然界恶促进善,的确没有什么对大自然有害。如果有害就是毁灭生灵,被视为这些生物总系中的成员的人不是最有害的物种吗?他屠杀、消灭的生命比所有食肉动物吞掉的个数都多。它们有害只因它们是人的对手,只因它们对肉有同样的胃口,同样的爱好,为了满足必不可少的需要,它们有时与他争夺一个他留作暴饮暴食的猎物;须知我们往往是在迁就没有节制的欲望,而并不是满足基本需要,我们是隶属于我们的生物的天生毁灭者,倘若自然不是取之不尽的,倘若它不能以和我们毁坏同样巨大的繁殖力自行修复和再生,我们就将耗尽自然。但事情就是这样,死有助于生,再生源于毁灭;人和食肉动物的消耗再大、再早,资源、生物的总数并没有减少;他们加速毁灭不假,同时却也促进新生。

因身材高大而在世界上地位显赫的动物只是生物的最小部

---

[*] 《自然史》第七卷,1758年。

分；地球上充满小动物。每株植物，每粒种子，有机物的每一微粒都包含着成千上万的有生命原子。植物似乎是自然的第一资本，但这种物质资本再多、再取之不尽，也刚能满足数量更大的各种昆虫。它们的迅速大量繁殖，和植物再生的数量一样，往往比植物再生迅速，这足以说明其数量多么巨大；植物只是每年再生一次，种子形成需要整整一季，而昆虫，尤其是最小的那些昆虫，如蚜虫，一季可以繁殖几代，如果它们不被其他动物消灭，就会比植物增殖的多，昆虫仿佛是其他动物的天然牧场，就像草和种子似乎是昆虫现成的食物一样。昆虫中也有许多只靠其他昆虫为生；甚至有几种昆虫，比如蜘蛛，不管是别的昆虫还是同类，不予区分统统吞掉；所有昆虫都是鸟类的食物，家养和野生鸟类供人享用，或成为其他食肉动物的猎物。

因此暴亡是几乎和自然死亡法则同样必要的惯例；这是毁灭和再生的两种手段，一种用来使自然永葆青春，一种则维持自然生产的秩序，只有这样才能限制各个物种的数量，二者都是受普遍原因支配的结果；每一个出生的个体经过一段时间都会自己消亡，要是它过早被其他生物消灭，就因为它是多余的。不是有很多生命提前夭折吗！多少花朵春天便被斩断！多少品种出生便被扼杀！多少种子尚未发芽便遭毁灭！

知识链接

【文学常识】

一、作家介绍

布封(1707—1788)出生于法国孟巴尔市,是十八世纪著名的思想家、作家、博物学家。文艺和科学著述有《论风格》《写作的艺术》《数学和物理论文集》,以及历时四十载写就的百科全书式巨著——《自然史》,因此,布封有"孟巴尔的老普林尼"之美誉。他知识渊博,兴趣广泛,以博物学研究见长。二十七岁进入法国科学院,担任助理研究员,继而被任命为皇家花园总管。1753年当选法兰西科学院院士,一心投身于研究事业,直至病逝,后被追尊为美国文理科学院院士。为纪念这位了不起的人物,法国人将布封的雕像陈于巴黎卢浮宫名人廊,令其与卢梭、孟德斯鸠等启蒙思想家并肩,并在首都设立"布封中学",以表示对布封的爱戴和敬仰。

二、作家评价

　　自然史方面最优秀的人才。

　　　　　　——〔法〕巴尔扎克:《人间喜剧》前言,丁世中、郑永慧、袁树仁译,人民文学出版 1997 年版

　　我们可以称布封为普及自然史的第一人。

　　　　　　——〔英〕约翰·亚历山大·汉默顿:《西方文化经典·科学卷》,刘莉、孙立佳译,华中科技大学出版社 2016 年版

三、作品评价

　　布封向大众定义了什么是"科学精神"。观察生灵也需要作家的才华,布封的动物学专著,文学韵味浓厚,因为他本人即是伟大的文体学家。

　　　　　　——法国国家图书馆①

　　我们除了欣赏到布封文笔的流畅与优美,还能得到不少知识,而最大的享受是满足了人类天性醉心于有趣的动物世界的愿望。

　　　　　　——曹正文:《米舒文存》卷八,上海书店出版社 2016 年版

四、散文

　　狭义而言,文学体裁可分诗歌、戏剧、散文、小说等。而在广义层面,文学体裁分为两种,一类是诗,一类是散文。狭义的散文是一种形式"松散"、注重直抒胸臆、写作方式灵活的文学体

---

① 详情请见法国国家图书馆网站:https://gallica.bnf.fr/essentiels/buffon。

裁,故又有"随笔"之称。我们常见的散文类型有记述散文、抒情散文、议论散文和哲理散文。其间的区别并非泾渭分明,譬如,作者在议论中亦会阐释哲理,或于记叙中言志抒情,如先秦诸子散文、游记散文。散文的张力及深度赋予其自身无限魅力,形散神聚,语言隽永,意境或深邃或清浅,均能让人流连忘返。

五、法国百科全书派

以狄德罗、达朗贝尔为代表的十八世纪法国启蒙思想家,历经十九个春秋,编撰完成共计三十五卷的《百科全书》。因书中内容触及的知识范围极为广泛,所以,此类作家被冠以"百科全书派"的名称。与此同时,又一位伟大的启蒙思想家——布封,潜心研究,奋笔疾书,四十年如一日,成就了另一部百科全书式的巨著——《自然史》。《松鼠——布封动物散文》便源于这部著作。在长达三十六卷的《自然史》中,布封将有关地球和生物的知识娓娓道来:空气、土壤、水、火山、矿物、鸟类、四足动物、鱼类等等,与《百科全书》珠联璧合,开启一场以知识开启心智、以科学扫除愚昧的启蒙运动。

【要点提示】

布封不仅是一位卓越的博物学家,更是一位杰出的作家。他在法兰西学士院发表演讲时,就文章写作方面,观点鲜明地提出"悦人耳目是不够的,必须要作用于人的心灵"。《松鼠——布封动物散文》一书中,我们不但能看到作者对各种动物的外形、身体构造、生理机制、生活习性详尽的描绘,而且还可以感受到字里行间触动心灵的文笔之美。以布封笔下的"天鹅"第一段为例，同学们不妨注意作者所用的修辞手法和表达技巧，借助它们，细细品读一下作者的行文吧！

《天鹅》一文的开头，布封采用起兴的表现手法，先言他物以引起所咏之词，开篇写道："无论动物界还是人类社会，从前暴力产生暴君，如今则仁德造出贤主。"作者将动物界与人类社会联系了起来，能够激发人们的设想，让身处人类社会的我们更好地理解动物界的规则。继而，作者又借用对比，将凶猛好战的"地上的狮、虎，空中的鹰、鹫"和天鹅作对比，以此衬托后者所代表的和平力量，与猛兽不同，天鹅依靠"高尚、庄严和文雅"等美德立身。读到这里，我们不禁为这种动物感到担忧，在弱肉强食的动物世界，它们是否要默默忍受恶势力的侵袭而无能为力？作者笔锋一转，用转折的表达方式揭示了答案。天鹅文雅、平和，"却敢于同空中的暴君抗争……它那强劲的翅膀就是盾牌，从坚韧的翎羽、翅膀频频有力的扑击，来对抗鹰的武器，奋力击退鹰的进攻"。在这里，作者使用了比喻的修辞手法，将天鹅翅膀比作"盾牌"，形象地说明了天鹅翅膀之强硬、有劲，是非常得力的自我保护工具。这双"盾牌"灵活且强健，可以"频频有力的扑击"。极富动感的表达，不仅描绘了画面，也间接地传送着声音，我们不难感受到由这些动作带来的强劲呼扇声、扑棱声，以及天鹅在迎战时所发出的叫声。通过正面描写的侧面烘托的方式，短短数行开头，布封已为我们塑造了一个体态丰满、品格完善的天鹅形象。

【学习思考】

一、《松鼠——布封动物散文》第七篇，作者向我们介绍山羊时,采用了哪些修辞手法?

二、布封将许多动物赋予人性的光彩,如:天鹅是安定的共和国的首脑,是第一公民;狗表现得很勇敢、节欲和忠实;鹿天性单纯,好奇又机灵。通读《松鼠——布封动物散文》,试列举其他几例。

三、请认真观察一种动物,写一篇观察日记。

(赵婉雪 编写)